© Auto-édition Georges Gille
Mars 2019
ISBN 978-2-9550296-1-9

Georges Gille

Une vie presque ordinaire

Je dédie cette nouvelle à toutes celles et ceux qui souffrent

Du même auteur

Un printemps au lycée Voltaire 2007

Animalement-vôtre 2009

Du sang sur la ligne 2011

De rail et de sang 2014

Gris-bleu sur fond rouge 2016

Phase 1

Le corps est sur le sol, en chien de fusil. Le visage est flou et des mains qui semblent être masculines sont dirigées vers le haut comme pour implorer ou protéger.

Au-dessus de lui, on ne voit que des « paluches » velues, la gauche est parée d'une grosse chevalière noire. Les poings sont fermés et tuméfiés, couverts de sang. On distingue aussi des pieds lourdement chaussés et une singulière boucle de ceinture. Tout ceci s'agite et frappe la forme qui se recroqueville, à chaque coup, un peu plus.

On ne peut pas voir autre chose de l'agresseur, c'est comme si nous étions la victime. De sa pauvre position, il ne distingue rien de plus.

Le sang gicle et se répand sur le carrelage. À chaque seconde la douleur s'accroît, elle devient insupportable, inhumaine.

Plusieurs côtes ont dû céder, la jambe droite doit être cassée et l'être couché, presque en position fœtale, ne sent plus sa main gauche. Son tympan ? Il n'entend plus et son regard est noyé par les larmes et par le sang, son sang !

Il va défaillir... il défaille ! Un énième coup de pied, cette fois au-dessus de la nuque et c'est l'ultime souffrance, le trou noir...

« Eeeuuh ! »

Guyslain s'est assis dans son lit aussi vite qu'un zébulon sortant de sa boîte. Comme à chaque fois, son souffle est coupé, son cœur bat à tout rompre et son estomac lui paraît être remonté dans la gorge. Il est couvert de sueur froide, il tremble de tout son corps.

Il regarde mécaniquement son réveil électrique posé sur sa table de chevet : 3 h 12.

Ce cauchemar récurrent lui fait peur. Il le revit presque toutes les nuits. Il sait ce qui lui reste à faire.

Il se lève et se dirige à tâtons vers la cuisine ; toujours dans le noir – il déteste les lumières vives et les néons – il ouvre le réfrigérateur et il boit, à la suite, deux grands verres de jus d'orange, du frais, en bouteille de verre. Il laisse le réfrigérateur entrouvert pour s'éclairer un peu et il s'assoit le plus calmement possible. Il sait qu'il ne doit pas se recoucher de suite, avant, il le faisait, mais son horrible cauchemar reprenait là où il l'avait laissé.

Une fois calmé, il se lève, il referme son frigo et il allume la salle de bain. Il se passe le visage sous l'eau fraîche.

Il est apaisé, mais il lui faut veiller au moins une heure, le temps nécessaire pour que le sommeil le gagne à nouveau.

Lorsque le froid l'engourdit et qu'il n'arrive plus à penser, il sait qu'il va pouvoir s'allonger et dormir.

Il est 4 h 30, nous sommes le 12 septembre 2003.

Phase 2

Guyslain a trente-neuf ans, il les a eus le 11 juin dernier. Il vit seul dans une belle résidence du boulevard Beaumarchais, à Paris, dans le onzième arrondissement. Il n'est pas vieux garçon mais divorcé.

Pendant qu'il dort, je vais vous raconter les faits. Pour tout comprendre, il faut remonter en 1983, plus précisément au mois de juin 83.

Guyslain va sur ses dix-neuf ans. Il vient de finir son examen : un BEP dessinateur industriel. Voilà trois ans qu'il travaille d'arrache-pied pour réussir cet examen. Bien sûr, les épreuves ne sont pas insurmontables, mais il veut réussir, il doit réussir.

Il vit chez ses parents, mais il ne voit pour ainsi dire jamais son père. Lorsqu'il part le matin, son paternel est déjà au travail ; le soir venu, il mange seul, de bonne heure et il file dans sa chambre pour travailler ses cours.

Il veut tout comprendre et il apprend et réapprend sans cesse ses leçons. Il fait souvent des exercices qu'il s'impose, il faut préciser qu'il adore le dessin industriel, il faut du calme, de la jugeote, de la précision et de la finesse.

Guyslain est maniaque, la propreté de ses cartouches[1] est irréprochable.

---

[1] Partie inférieure droite d'un dessin (encadrement comportant : le nom de la pièce, l'échelle, le type de vue représenté et, éventuellement, le nom du dessinateur).

Il passe de nombreuses heures sur certaines matières. Lorsqu'il ne parvient pas à résoudre les problèmes, il fait appel à ses copains et lorsque ceux-ci sèchent aussi, il reprend ses notes et recommence tout depuis le début. De toutes façons, à la maison, personne ne peut, ni ne veut l'aider.

Il aurait aimé faire un BTS dans la même option, mais il sait que c'est impossible. Pour dire vrai, il n'a pas le choix, son « vieux » comme il dît à ses potes, ne l'aime pas et il sait qu'il ne lui fera aucun cadeau ; son paternel le déteste, pourtant il voulait un fils, ce fils qu'il désirait tant il l'a eu, c'est Paul l'aîné de la famille. Paul a cinq ans de plus que Guyslain, il a passé son bac G et il a poursuivi par un BTS compta. Depuis trois ans il a quitté le domicile familial pour s'installer avec sa petite amie, porte d'Italie, dans le Chinatown parisien.

Paul est l'élu de la famille, il est grand, blond, sûr de lui et brillant, le digne fils de son père ; tout l'opposé de Guyslain qui est de taille moyenne, brun, presque couleur corbeau, avec un très léger strabisme divergent. Contrairement à ce que pense son père, il a un magnifique regard noir qui lui donne l'air sérieux. Il est fin et svelte, il a vraiment un charme latin très prononcé.

Ses parents ne voulaient pas d'autre enfant, il est l'accident de parcours et il le sait, on lui a assez répété.

C'est son père qui a choisi son prénom : Guyslain car, en le voyant, il s'est écrié : « Dieu ! Que ce mioche est vilain ! » Il n'était pas vilain, il avait le cordon autour du cou et son visage était grimaçant et cyanosé. Guyslain, vilain ! Quelle rime !

Depuis le fâcheux événement qu'a été sa naissance, son père et lui ne se sont pratiquement pas adressés la parole.

Quand Paul était là c'était moins pesant, mais aujourd'hui…

Guyslain n'est pas malheureux, il s'est fait à sa vie. Son frère le snobe et lui parle – lorsqu'il daigne venir – comme à un domestique ou à un demeuré. Sa mère l'épargne mais elle lui en veut. Il a, de par sa présence, ébréché la complicité entre elle et son mari. Quant à son père, il lui a juste dit la veille de ses quinze ans : « Ici, tu n'es rien ! Dépêche-toi d'être majeur que je puisse te jeter dehors comme le fruit pourri que tu es ! »

Depuis ce jour, l'adolescent s'est enfermé dans le mutisme et le travail. Il mange à sa faim et il n'est pas battu.

Il se tient quand même à carreau. En plus du reste, son géniteur l'a prévenu depuis ses onze ans : « Fais bien attention, si je n'entends jamais parler de toi tu ne connaîtras jamais ma colère, mais si tu me compromets de quelque façon que ce soit alors là ! ... »

Pas de vacances, jamais ! Il porte les habits élimés de son frère. Son seul échappatoire : L'ASSU hand-ball du mercredi. Sa mère lui a pris une licence parce que ce n'est pas cher et qu'elle peut, de cette façon, faire sa chambre le mercredi après midi. Elle n'a que peu de travail, Guyslain fait son lit, ses poussières, bien qu'il n'ait que très peu d'objets personnels. Il fait aussi sa vaisselle et même un peu de couture lorsqu'un habit rapiécé vient à lâcher.

Ne croyez pas que Guyslain soit insensible, il a beaucoup pleuré et beaucoup souffert. Il souffre toujours de cette indifférence générale. Il aimerait avoir une petite amie pour lui donner tout ce qui est en lui et dont ses proches ne veulent pas. Il adorerait recevoir un peu d'affection et peut-être même un peu de ce sentiment dont il a tant entendu parler et que l'on dit extraordinaire, mais qu'il ne connaît pas : l'Amour !

Mais il sait que l'amour est parfois cruel et rarement réciproque, par-dessus tout, il sait qu'un chagrin de plus le tuerait.

11

Il faut impérativement qu'il se concentre sur son travail, sa vie dépend de sa réussite. Examen réussi égale emploi, travail rime avec indépendance et qui dit indépendance, dit nouvelle vie !

Depuis qu'il est en apprentissage, il gagne un peu d'argent, ses parents ne lui prennent que la moitié de sa paye. Avec le reste, il s'est acheté des vêtements, quelques bibelots et une petite valise. En fin de deuxième année, pour ses dix-huit ans, il a décidé de faire le voyage proposé par son école : deux semaines pour faire le tour de la Corse. Il avait besoin de cette valise, mais, bien qu'elle soit de taille très moyenne, il ne l'a remplie qu'à moitié. Je crois que le contenu entier de sa chambre aurait pu tenir dedans. Son paternel, jaloux de sa progéniture, lui a juste dit avant son départ : « J'espère que le bateau va couler ! »

Mais il en fallait plus à Guyslain pour briser ce voyage de rêve. Pendant ces vacances bénies des dieux, il a découvert des sensations nouvelles. Il a été scotché par la beauté des paysages et par la senteur des pins. Ses copains lui ont parlé librement, il s'est senti intégré, presque normal.

Il est revenu ragaillardi, mais le cœur débordant de questions. Il comprenait de moins en moins la cruauté de sa famille. Il avait goûté aux bons moments, mais cette nouvelle déchirure entre le froid et le chaud le torturait. Il avait parfois du mal à travailler et encore plus à trouver le sommeil. Il souffrait, depuis peu, de migraines légères et passagères, mais gênantes pour la concentration nécessaire à sa réussite.

Nous voilà le 11 juin 1983. Guyslain est heureux et fier, il a terminé premier de tout le XIe arrondissement avec un beau dix-sept de moyenne générale. De plus, son ami Alain lui a dit de postuler à la SNCF, ils recherchent des dessinateurs industriels pour leurs bureaux d'études.

C'est moyennement rémunéré, mais c'est une place stable et la gratuité totale sur les transports ferroviaires, une ouverture géographique et une invitation aux voyages.

Il est sorti de l'entretien d'embauche, une réussite. Les tests médicaux ? Une pure formalité. Il a fêté le tout, avec ses quelques amis, dans une brasserie de la rue de Bercy.

En rentrant chez ses parents vers 20 h 00, une surprise l'attend, une surprise qui l'a immédiatement ramené à sa réalité quotidienne. Devant la porte de l'appartement 111, sur le paillasson, trône sa petite valise. Sur le dessus est épinglée une simple feuille de bloc-notes pliée en deux. Au recto son prénom, au verso ceci :

Inutile de frapper, personne ne t'ouvrira. Ta place n'est plus ici, d'ailleurs elle ne l'a jamais été.

Ton dernier repas est dans le sac, sur tes chaussettes
Adieu.

Il a bien ressenti une pointe lui traverser la poitrine, mais c'était juste parce qu'il aurait bien aimé voir sa chambre une dernière fois. Il est surpris, il s'y attendait pourtant, mais pas là, pas le jour de ses dix-neuf ans !

Il a cherché un hôtel, il en a trouvé un, près de la gare de l'Est. Il a maladroitement demandé une chambre à la réceptionniste. En lui tendant les clés, la jeune femme lui a souri espérant ainsi le faire décrocher de son apparente détresse, mais c'était peine perdue…

Le lendemain, avec beaucoup de fébrilité, il a téléphoné au bureau des embauches de la SNCF. Il a précisé, des sanglots dans la voix, qu'il n'avait plus d'adresse et qu'il craignait que le courrier s'égare pour le cas où il serait pris.

L'employé, à l'autre bout du fil, a voulu en savoir plus. Guyslain a craqué sans toutefois tout dévoiler, mais il en a assez dit pour déclencher une réaction de son interlocuteur :

« Téléphone-moi demain après-midi. Je vais contacter les responsables et, si ton dossier est ok, je ferai avancer les choses, je m'occuperai aussi de te trouver une chambre dans un de nos foyers de célibataires. »

Enfin, pour la première fois de sa brève existence, on lui tendait la main.

Le 12 juin, il reprend le téléphone, il est fébrile et apeuré. Que va-t-il entendre ?

Comme dit le proverbe : « La peur n'évite pas le danger ! »

« Allo !

— Oui !

— Je suis bien au bureau des embauches de la SNCF ?

— Oui ! Vous êtes le jeune homme d'hier ?

— Oui, c'est Guyslain... »

La voix à l'autre bout du téléphone est enjouée, pure et droite.

« Je ne vais pas vous faire languir, vous-êtes pris ! Vous devez vous présenter demain matin, à 8 heures, rue Traversière, à côté de la gare de Lyon, vous verrez, c'est écrit : « CENTRE D'ESSAIS FERROVIAIRES », en grand sur le fronton, vous ne pouvez pas le rater. Pour le logement tout est réglé aussi. Vous avez une chambre réservée rue du Château-Landon, à deux pas de la gare de l'Est, dans un de nos foyers de célibataires. »

Il n'y a pas de réponse, pas de suite. L'employé comprend tout de suite que Guyslain pleure à chaudes larmes. Il est incapable d'articuler le moindre mot. C'est bien naturel, tant de bonnes nouvelles en si peu de temps...

Après avoir retrouvé une respiration normale ou presque, il ajoute :

« Puis-je connaître votre nom ?

— Je m'appelle Gilles, Gilles Lecœur. »

Comme nom, on ne pouvait pas trouver mieux !

« Merci ! Monsieur Lecœur » dit-il avec simplicité.

Guylain n'a pas appris les codes du savoir-vivre, mais il a fait parvenir à son bienfaiteur une excellente boîte de chocolats, des belges.

À 8h tapantes, il est à son rendez-vous ce vendredi 13 juin, il est impressionné et un peu stressé, mais monsieur Pietowski, le cadre qui le reçoit, est très pédagogue, il met notre jeune ami à l'aise dès le premier contact. Il lui présente les locaux et ses futurs collègues de travail.

Pour le tester, il lui donne un dessin représentant un ensemble mécanique de complexité moyenne en lui demandant d'en extraire la chape[1] gauche et d'en reproduire les vues : de dessus, de gauche, ainsi que la coupe longitudinale[2] droite.

« Tu me rendras ton travail mercredi prochain, cela te suffira ?

— Oui, monsieur. »

En fait, il ne lui faudra que quatre heures pour effectuer le tout, le dessin, c'est vraiment son affaire.

Le 13 au soir, il a rendez-vous avec la gardienne du foyer pour la prise de la chambre et faire le tour des us et coutumes des lieux.

« Pas de bruit après 22 h ! Pas trop de visites ! Et surtout, prière de laisser la cuisine commune comme on l'a trouvée en entrant. »

La porte ouverte, il est profondément secoué, il bénéficie d'une douche personnelle, d'un WC individuel ; la pièce est simple, mais bien plus spacieuse que celle que ses parents lui avaient attribuée.

---

[1] Pièce mécanique (sorte de mortaise).
[2] Terme de dessin (pièce découpée, fictivement, sur sa longueur).

15

Il est là, seul, avec sa petite valise, mais pas plus qu'avant. Il a un toit, un travail et, chose rare, ce travail le passionne.

Il aurait pu rendre son essai le lundi, mais il ne veut pas fayoter et se mettre ses collègues à dos. Il n'a jamais travaillé en entreprise mais ça, il le sait déjà.

M. Pietowski est très impressionné, non pas par l'absence d'erreur, mais, par la netteté et la propreté du dessin. Il est évident que Guyslain n'a rien gommé, un vrai travail de pro.

Le jeune homme a fait ses preuves. Une nouvelle vie, sa vie, commence désormais…

Quatre mois plus tard, le 20 octobre exactement, il se produit un événement marquant : Guyslain sort de la cuisine commune, il est 19h30, lorsqu'il percute une jeune femme qui vient s'installer pour dîner.

« Excusez-moi ! bredouille notre cheminot.

— Pardon !

— Je vous en prie…

— Désolé… »

Les deux jeunes, désireux de s'esquiver pour céder la place à l'autre, se retrouvent, comme c'est souvent le cas en pareille situation, face à face.

« Pardon !

— Pardon… »

Devant le comique de la situation, ils partent d'un rire commun.

Guyslain n'ose pas lui parler d'avantage ce soir-là, mais il est extrêmement troublé par cette rencontre.

Ses longs cheveux noirs et bouclés ainsi que son regard profond et son visage si bien dessiné l'ont bouleversé. La jeune femme est petite, peut-être un mètre cinquante, elle doit avoir la vingtaine.

Le lendemain, il décide de provoquer une rencontre. Il pense que 20h serait l'heure idéale. Si elle mange à heures fixes, elle sera là. Il a vu juste. En entrant au réfectoire, il se retrouve nez à nez avec elle. Elle fait sa vaisselle. Dès qu'elle l'aperçoit, elle le gratifie d'un large sourire.

« Bonsoir !

— Bonsoir ! »

Guyslain pense aussitôt, *A-t-elle fait exprès de venir plus tôt ? Voulait-elle me voir aussi ?*

Il ne faut pas réfléchir, il faut se lancer :

« Vous avez déjà terminé ?

— Oh ! Je mange très peu, surtout le soir. »

Ils n'étaient que deux dans l'immense salle.

« Je peux vous offrir une boisson ?

— Un Coca, avec plaisir ! »

Elle se prénomme Sylvie, elle a vingt et un ans, elle est gémeaux comme lui, du 18 juin plus précisément.

Les questions s'enchaînent dans la douceur. Il sait qu'elle travaille au guichet à Paris-Est, qu'elle habite au foyer, car ses parents vivent en Haute-Normandie, dans une petite ville très mal desservie par les transports. Le week-end, elle rentre.

Guyslain en oublie son repas. Ils sirotent leur boisson le regard déjà noyé l'un dans l'autre.

Guyslain n'est plus seul, les deux tourtereaux sortent ensemble. Ils ont même passé leur première nuit cœur à cœur. Ils n'ont pas voulu que cela se passe au foyer, ils ont décidé de partir trois jours au bord de la mer, dans un hôtel sympa et joliment situé, à Trouville.

Malgré leur inexpérience respective – ils étaient vierges tous les deux – leurs premiers ébats ont été doux, tendres et sensuels. Les secrets du mécanisme du plaisir leur étaient encore inconnus, mais le sentiment très profond qui les lie a magnifié leur première fois.

Puis, tout s'enchaîne très vite : l'appartement rue des Gobelins, un beau deux-pièces ; le mariage en juin 84.

Guyslain est fou de bonheur même si les photos de mairie montrent que les fauteuils normalement occupés par la famille du marié sont restés désespérément vides. De son côté à lui, une seule personne, son témoin, un certain monsieur Lecœur...

Même « Monsieur » son frère n'a pas daigné venir, il a juste répondu à l'invitation par ces quelques mots :

« J'ai mieux à faire. »

Portant, ils étaient tous invités...

Il n'empêche que la mariée était très belle ! Toute en dentelle et en sourire, et quel sourire !

Pendant les cinq premières années de vie commune, tout n'est que joies, découvertes, bonheurs.

Guyslain sait tout de Syssy, c'est comme cela qu'il l'appelle. Il connait parfaitement son corps, ses rêves, ses espoirs. Les jeux érotiques et l'extase n'ont plus de secret pour eux. Syssy en sait beaucoup moins sur lui, il lui a pourtant ouvert son cœur et son esprit, mais, chez lui, enfant, il ne se passait pas grand-chose et surtout rien qui le concernait lui. En dehors de ses parents et de son frère, il n'a aucune famille et, curieusement, mis à part des bribes de sa tendre enfance, il ne se souvient, pour ainsi dire, de rien, rien sur sa vie, rien sur la période qui a précédé sa seizième année.

Ils reçoivent de temps en temps leurs collègues, mais ils préfèrent n'être rien que tous les deux et faire des grandes ballades, des voyages en amoureux. Les parents de sa femme sont adorables avec lui, il aime les recevoir et aller chez eux. Puis, retraite aidant, ses beaux-parents décident de partir s'installer dans le nord de la Corse.

Enfin, les deux inséparables décident, d'un commun accord, de procréer.

Ils y mettent tout leur cœur et tout leur corps, toutes leurs forces et tout leur amour. Les mois passent et Syssy attend, anxieuse, une bonne nouvelle à la fin de chaque cycle. Malheureusement il ne se passe rien. Rien la première année, idem pour la suivante.

Quelques nuages passagers, mais très sombres, viennent obscurcir leur beau ciel de vie. Syssy commence à se plaindre et des premiers reproches fusent, lourds reproches sur le manque d'enthousiasme de son mari et, chose beaucoup plus grave, elle commence à lui parler de sa famille, de ses parents :

« Cela ne m'étonne pas que tu ne sois pas fécond, vu tes dégénérés de parents ! Il est évident que tu tiens ça d'eux ! »

Bien sûr, c'est la colère et le découragement qui parlent, mais Guyslain en souffre terriblement. Lui aussi veut ardemment cet enfant qui tarde à pointer le bout de son nez ? Et puis, il se demande pourquoi le problème viendrait de lui ? Mais il ne dit rien à sa moitié de peur de la blesser.

La jeune femme prend de multiples rendez-vous chez sa gynécologue mais cette dernière lui dit toujours la même chose : « Soyez patiente, il n'y a rien de grave, n'y pensez plus et vous verrez que cela finira par arriver. »

Trois nouvelles années s'écoulent sans succès.

Guyslain a le malheur de proposer à Syssy de faire des analyses communes. Il a même osé parler d'adoption. Pour Syssy le problème vient de lui, pas question de test.

Quant-à l'adoption, il n'aurait jamais dû en parler. Ce jour-là elle le blesse encore plus profondément :

« Quoi ! Adopter ! Avec quoi ? Tu n'as même pas été foutu de gravir les échelons ! Monsieur n'a pas l'esprit d'un chef ! Tu n'en as plutôt pas l'étoffe, oui ! »

Et rebelote :

« Tes parents sont des petits, donc, tu es un petit ! Pour adopter, il faut bien gagner sa vie et avoir de l'espace, on n'a rien de tout cela ! »

Guyslain esquisse bien un semblant de défense, mais il aime sa femme et toujours avec autant de force. Alors, il encaisse ces coups terribles sont trop ciller. En revanche, il veut savoir à quoi s'en tenir sur son éventuelle stérilité. Il prend donc rendez-vous pour faire analyser son sperme. La procédure le fait sourire, la pièce, l'infirmière et son éprouvette, les livres et cassettes X, tout relève du registre comique sauf que le résultat est quelque peu terrifiant : possibilité ou non de devenir un père biologique.

C'est sans appel, sa semence est tout ce qu'il y a de plus fertile. Son épouse est donc probablement stérile.

Si une partie de lui-même est soulagée, son cœur est torturé. Comment expliquer tout cela à sa femme ?

Cinq années s'écoulent encore. Cinq années en demi-teinte, avec des hauts et des bas. Côté positif, leur voyage à Venise. Ils ont tous deux été très touchés par la magie des lieux, le silence, les adorables petites terrasses au détour des ruelles. La place Saint-Marc et ses incontournables pigeons, Guyslain s'est pris au jeu du maïs dans la paume des mains, Syssy a dénombré, sur la photo, pas moins de quinze volatiles sur son époux. Un vrai costume à plumes. Puis, le palais des Doges, le pont des soupirs que les condamnés empruntaient pour aller au cachot, le Grand Canal, sans oublier les multiples et gracieux petits ponts, les petites îles, dont l'île cimetière ; le tout baignant dans une atmosphère chaude aux senteurs de l'excellente cuisine italienne.

Vraiment, tout incite au rêve, à la paisibilité, à l'amour. Que des couples de tous horizons, main dans la main ! Rien que du bonheur. Même le voyage en train est un régal. Trois jours de pure folie.

Du côté des moins, toujours et encore l'absence d'enfant. Syssy a même aménagé une pièce pour le futur bébé, mais, comme Guyslain le sait, rien, toujours rien et encore rien…

Syssy n'en parle plus depuis deux ans. La dernière fois, elle a piqué une grosse colère, terrible colère. Guyslain a de plus en plus le sentiment profond d'être inutile, rejeté.

Et puis, il y a le vendredi 20 octobre 2000. Le fameux 20 octobre.

Guyslain n'oublie jamais la date anniversaire de leur première rencontre. Syssy, quant à elle, l'a complètement oubliée depuis au moins sept ans.

Depuis deux semaines, tout va assez mal entre eux, aussi, a-t-il décidé de marquer un grand coup.

Comme chaque matin de la semaine Guyslain est parti de la maison à 7h15 pour se rendre à son travail rue de Bercy. Il s'est arrangé avec ses supérieurs pour obtenir son après-midi et sa journée du mercredi. Il a préparé le grand jeu : fleurs et dîner aux chandelles par un traiteur, théâtre (Syssy adore), champagne et toute une nuit d'amour. Un vrai anniversaire d'amoureux.

Évidemment, il n'a prévenu personne de ses intentions. Il s'est donc éclipsé, en catimini, vers 14h. Il est arrivé, tout aussi discrètement, jusqu'au palier menant au numéro 13, son appartement, avec, dans la main gauche une bouteille de champagne et dans la main droite des tulipes rouges, les préférées de sa femme.

Il s'est approché – toujours sans bruit – de la porte. Syssy est légèrement grippée depuis huit jours. Elle dort le plus clair de son temps. Il n'est pas surpris de ne pas la voir de suite.

Des gémissements attirent son attention, cela vient de leur chambre. Guyslain se met à sourire, sa femme doit, comme il l'a déjà surprise, se donner du plaisir pour « se détendre » comme elle dit.

Il ouvre doucement la porte pour faire son entrée triomphale.

Face à lui, Syssy, de dos, est accroupie sur un corps. D'où Guyslain est placé, il ne peut voir que les pieds et les jambes de l'homme. Sa femme coulisse le long de ce corps, l'inconnu la cramponne par les hanches et Syssy explose, juste avant que son mari ne lâche les fleurs et la bouteille, qui finit sa chute dans un fracas et une explosion. Guyslain a la bouche grande ouverte mais aucun son ne s'en échappe.

Sa femme se retourne, attirée par le bruit. Elle a peur de l'expression de douleur qui se dégage du visage décomposé de son mari.

Mais le pire reste à venir. L'inconnu se redresse et, c'est son propre frère que Guyslain aperçoit juste avant de s'effondrer comme un château de cartes…

Quelque temps après, il reprend connaissance. Il est allongé sur son lit. Une femme, apparemment un médecin, lui prend la tension. Syssy est dans un coin de la pièce, anxieuse et les yeux rougis.

Guyslain a repris ses esprits en une fraction de seconde, il reste zen, du moins il essaie. Une fois la toubib partie, il se lève sans un mot. Il reprend sa petite valise chargée de symboles mais, cette fois, il la remplit. Il veut partir immédiatement, quitter cet appartement avant de commettre une bêtise.

Sylvie, c'est comme cela qu'il l'appelle désormais, a bien essayé – et très maladroitement – de justifier ses actes, mais comment justifier cela ?

« Je pensais tomber enceinte... et peut-être que si tu n'avais jamais su... Ton frère a des gènes communs...

— Des gènes de cadres ? ! »

Il est blessant, mais il est surtout blessé. Il lui dit simplement :

« Je ferai ce qu'il faut pour que tu gardes l'appartement et tu pourras dire à ce qui m'a servi de semblant de frère que la voie est libre. »

Il prend une expression sévère et décidée avant d'ajouter :

« Surtout ne t'avise pas de refuser ou de compliquer le divorce ! Tu recevras très prochainement la lettre d'un avocat. »

Son ton est menaçant et sans équivoque. Sylvie est très surprise par la froideur et le calme de son mari. Guyslain lui donne l'impression d'avoir déjà tout prévu. Il n'en est rien et ce terrible après-midi l'a détruit ; mais, la lourdeur de son passé l'oblige à tout prévoir, même l'imprévisible. Il doute encore de ce qu'il vient de vivre, mais la réalité est cruellement présente. En un rien de temps tout est fini. Il sait qu'il ne pardonnera pas à sa femme cette double trahison. Ça, il l'a très vite saisi. Il n'a toutefois pas poussé la cruauté à son paroxysme ; il ne lui a pas dit que des deux, c'était elle qui était stérile. Il a pensé qu'elle finirait bien, un jour, par le comprendre.

Il a ressenti un très fort pincement au cœur en refermant la porte ce jour-là. Il a pleuré en silence. Il a pris la direction de son ancien foyer de célibataires à Château-Landon. Il a fini par atterrir chez un de ses amis pour quelques jours, avant d'obtenir une chambre de fonction près de son lieu de travail.

Le voilà donc, à trente-six ans, rendu à son point de départ, avec, en prime, un grand trou dans le cœur. Étrangement, en lui, deux sentiments s'entremêlent, s'entrechoquent : d'un côté une tristesse amère et profonde et, d'un autre côté, une sensation de renouveau, de liberté, de recommencement.

Très vite, Guyslain a trouvé son appartement actuel, un beau deux pièces lumineux et spacieux avec de grandes baies vitrées coulissantes et un balcon qu'il fleurit chaque semaine. Tout y est clair et pratique. Guyslain déteste le sombre, le confiné, le triste. Il lui faut de l'air, et de l'air il en a !

Le divorce n'a pas traîné. À sa grande surprise son ex n'a rien tenté, elle ne s'est pas accrochée à lui. Il aurait aimé qu'elle soit plus réticente à se séparer de son mari mais... rien ! Aucun regret, pas le moindre remords.

De plus, elle gagne bien sa vie, mieux que Guyslain. Elle n'a demandé aucune pension ; n'ayant ni enfant, ni bien, tout a été très rapide. Ils n'ont plus la moindre raison de garder un contact.

Du même coup, Guyslain a perdu : une femme, un frère et sa mère qui s'est empressée de donner raison à son aîné. Elle a même évoqué le bien-fondé de cette nouvelle union en jugeant bon de préciser qu'ils étaient faits l'un pour l'autre. Son père, quant à lui, est mort depuis six mois. L'alcool y était pour quelque chose. Guyslain l'a su grâce à un petit mot très bref, même pas de faire-part.

Notre dessinateur a gommé toute la première partie de sa vie du mieux qu'il a pu ; mais il est vrai que le souvenir de Syssy lui taillade encore la poitrine. Il l'aimait sincèrement et profondément.

Depuis deux ans il n'a reçu aucune nouvelle de son ex, ni d'aucun des membres de son ex-pseudo famille.

Pour occuper son esprit Guyslain s'est abonné à quelques revues animalières. Il adore nos amis à poils et à plumes. Il a aussi décidé d'adhérer à diverses associations dont le F I R : le Front d'Intervention pour les Rapaces ; ainsi qu'a l'amicale des Amis du Muséum national d'Histoire naturelle de Paris. C'est ainsi qu'il passe ses loisirs ; il part pour les régions montagneuses, il « planque[1] » et observe les mœurs des majestueux volatiles. Il assiste aussi à des conférences données dans l'amphithéâtre du Muséum.

Son métier lui permet de se déplacer gratuitement dans tout le pays. Il se délecte de beaux paysages et, il faut bien le dire, de bonnes spécialités culinaires.

Il déteste les boîtes et les clubs surfaits, on y fait des rencontres prémâchées, insipides, factices. Il n'a d'ailleurs pas besoin de cela ; nombreuses sont les femmes qui vibrent aux mêmes passions que lui. Il fait de multiples rencontres et certaines finissent à l'horizontale. Il lui arrive parfois de se lâcher au plaisir intense de l'émotion pure, mais, lorsqu'il sent que son cœur entre en jeu, il se bloque et met fin à l'aventure.

Il ne veut pas recommencer une décennie de souffrances et, de toutes façons, il y a toujours des « hic ». Lorsque les divergences ne viennent pas de lui, ce sont les femmes qui s'y collent. Malgré lui, il n'y a jamais d'accord parfait, ni de plénitude. Il donne, il prend et basta !

Il pense que si l'amour doit revenir, il reviendra, mais lui sera intransigeant et logiquement méfiant.

Comme il dort encore profondément, je vais en profiter pour vous parler de sa petite et charmante résidence ainsi que de ses quelques voisins.

---

[1] Se cacher, pour observer sans être vu.

L'immeuble est moderne, les matériaux dominants sont : le bois et le verre. Tout est lumineux et le soleil distribue sa douce chaleur presque toute la journée. Il y a aussi beaucoup de verdure et de nombreux arbres divers. Même le parking, non souterrain, est vaste et agréable.

Il n'y a que quatre étages sans sous-sol et sans ascenseur.

On trouve deux appartements par étage, à droite les deux pièces et à gauche des quatre pièces.

Guyslain vit au quatrième droite, en face de chez lui, vit la famille Tong : quatre Thaïs : père, mère et filles. Ils sont d'une extrême discrétion, sauf le jour du nouvel An chinois. Ce jour-là, ils reçoivent de nombreux invités et le couloir exhale les bonnes odeurs de cuisine asiatique. Souvent, l'encens filtre sous leur porte et le palier ressemble à un vrai nirvana.

Guyslain entretient de très bonnes relations avec les Tong.

Au premier, le grand appartement est vacant, en face vit un couple de baba cools. Ils ont la trentaine bien tassée. Ils vivent sans enfant, peut-être qu'eux aussi... Guyslain les voit très peu, ils ont des horaires impossibles, commerce oblige.

Au second, à gauche : les Ratchewski, un couple de Polonais assez âgé. Leurs trois enfants ont quitté le nid parental depuis peu. Ils naviguent entre Lodz et Paris. Le pays de leurs racines leur manque. De plus, toute leur famille est restée en Pologne. Micha, le père, est issu d'une famille de neuf enfants. Ils préfèrent visiter leurs frères, leurs sœurs, ainsi que leurs neveux et nièces plutôt que de rester seuls ici. Guyslain comprend aisément que l'on aime ses proches, et que l'on ne puisse pas se passer de ses parents. Il les envie et les estime pour cela.

Le deux-pièces du deuxième droite abrite une Patricia de quelque chose, une contrebassiste de l'orchestre de l'Opéra-Bastille. Elle aussi s'absente souvent, elle donne des concerts internationaux, un peu partout dans le monde.

Au troisième étage, vit Hélène, une mamie très BCBG. Elle vit seule dans ce grand appartement. D'après la rumeur, elle habite ici depuis la fin des travaux de l'immeuble en 1997, à l'époque elle était déjà célibataire. Attribuer un F4 à une personne seule voilà la raison des ragots. Étant jeune cette femme et Monsieur l'adjoint au maire avaient... alors copinage oblige...

Elle est constamment tirée à quatre épingles, maquillée, pomponnée. Elle est très vive et souriante, Guyslain l'aime bien, elle est franche et sincère. Elle ne mâche pas ses mots et, la lueur dans son grand regard bleu laisse entrevoir une profonde joie de vivre.

Enfin, sous l'appartement de Guyslain vit un couple de lesbiennes, Léa et Jamila. Léa travaille dans la haute couture, elle est très féminine : longs cheveux noirs et bouclés, maquillage parfait, tailleur et escarpins. Elle est très aimable avec son voisin du dessus et mielleuse avec Hélène, la vieille dame digne.

Jamila ? Il ne la connaît pour ainsi dire pas. Il sait seulement qu'elle est artiste, danseuse plus exactement. Elle est brune, cheveux au carré, très nature et constamment en jean-basket. Elle est de taille moyenne un mètre soixante environ, ce qui étonne Guyslain, une danseuse d'un mètre soixante ? Il la croise le matin un jour sur deux, à chaque fois elle détourne le regard, lance un petit bonjour presque froid avec un adorable petit accent indéfinissable, sa voix est grave, mais le ton est chantant. Apparemment elle déteste les hommes, sa copine est nettement plus cool, presque aguicheuse.

Voilà ! On a fait le tour.

Mais, je parle fort et j'entends quelques bruits, je crois que Guyslain se réveille...

Phase 3

12 septembre 2003.

7 h 00.

Son réveil a sonné suivi de sa montre. Ses yeux rougis ont du mal à trouver les boutons d'arrêts.

Il se lève, les cheveux en pétard, le visage sillonné par les plis des draps.

Il déambule jusqu'à la salle de bain et se jette sous une douche tiède. Il chante et parle à haute voix :

« Aujourd'hui : boulot, pain, téléphoner à Vincent pour samedi et ciné à 20h30 au MK2. »

Pendant qu'il refait sa journée sous sa douche revigorante, Zorro, son chat, s'est pelotonné au bout du lit. Pourquoi Zorro ? devinez ? et oui ! Il est blanc avec des pâtes noires et, il n'a pas un bandeau, mais deux taches noires près des yeux. C'est un gouttière, tout ce qu'il y a de plus gouttière. Guyslain le bichonne, il est aux petits soins pour son matou. Seul point noir, les poils qu'il laisse presque partout. Pourtant son maître est incollable sur les techniques de suppression de ce fléau qu'est le poil de chat. Mais malgré cela...

Notre dessinateur est aussi très bricoleur, il a bidouillé un récepteur radio qu'il a encastré dans le plafond de sa salle de bain. Chaque matin, il écoute les infos en bref et il zappe sur une radio musicale, il écoute du classique, du rétro des années 70/80 et du hard-rock. Il adore le hard de ses jeunes années : Scorpions, Black Sabbath, Kiss, Aerosmith, j'en passe et des meilleurs...

Le reste de la journée, il n'écoute jamais la radio. En-fant, il n'avait pas de télé, son paternel écoutait, en boucle, les résultats des courses, une véritable torture pour lui, il détestait.

Après un rasage de près, il prend ses habits du jour, préparés la veille et parfaitement pliés. Que du très propre et bien parfumé par l'adoucissant de sa machine. C'est du simple. Jamais de cravate ni de costume. Du jean délavé – bleu ou noir – et des chemises blanches, souples et confor-tables, sans bouton et que l'on enfile par le haut, des « Blanc du Nil », des baskets basses habillées et très modes.

Puis, vient le rituel du café, ni trop fort ni trop clair, mais de l'italien ; pour Guyslain, le café est italien. Un grand verre de jus d'orange ou de pamplemousse et deux tartines de pain, de l'excellente boulangerie d'à côté, beurre ou confiture suivant son humeur. La vaisselle, il la fait de suite, tout doit être net avant son départ.

« Ah oui ! Ne pas oublier de nourrir Zorro ! »

Guylain prépare l'assiette de croquettes et le bol d'eau fraîche. Il fait son lit et se brosse les dents.

Il est 7 h 45, il ne lui reste plus qu'à prendre son porte-documents contenant ses Rotring[1], ses crayons et ses ins-truments de traçage. Il enfile l'un de ses six blousons en jean.

En descendant l'escalier, il croise Léa et Hélène, puis d'un ton rieur :

« Bonjour mesdames !

— Bonjour Guyslain ! » répondent-elles en chœur.

Il arrive en bas du bâtiment, traverse le parking arboré. Il lui faut quarante minutes pour se rendre rue Traversière, à deux pas de la gare de Lyon. Il fait toujours le chemin à

---

[1] Marque de stylo mine de traçage.

pied, et ce, quel que soit le temps. Il adore la marche, il aime Paris et son quartier en particulier.

Il est 8 h 25 lorsqu'il pénètre dans le grand bâtiment.

Ils sont quatre à travailler de concert. Jacques est déjà arrivé, Raphaël aussi, Michel est souvent à la bourre.

Le responsable des essais mécaniques est là, lui aussi. Il fait part aux dessinateurs d'un projet : Le futur TGV Est. La société Alsthom a un premier jet[1] de rame nouvelle, mais il faut réaliser de nombreux essais, notamment sur la suspension et tous les types d'amortisseurs du prototype.

Guyslain est le plus ancien et le plus capé du bureau. Il a atteint le plus haut grade de maîtrise, il aurait pu être cadre, mais, qui dit encadrement, dit fin du dessin et cela, il ne veut pas en entendre parler. Il doit repérer sur les plans les points les plus judicieux pour la pose des capteurs de mesures, et aussi, redessiner les carters de protection de certains appareils de contrôle. Le travail le plus pointu c'est pour lui !

Il lui arrive souvent d'accompagner les techniciens du centre d'essais sur les tests de vitesse en ligne. Lors des arrêts, il vérifie la tenue du matériel et ainsi améliore ses dessins. Lorsqu'il travaille c'est un véritable ballet de traits : traits fins, pointillés, coupe, nervure[2], trou borgne[3], lumière[4], palier[5], etc.

On dirait un chef d'orchestre, le Rotring remplaçant la baguette. Le tout est fait en souplesse et avec une extrême netteté.

Les heures défilent sans qu'il s'en aperçoive, il a déjà loupé le coup de gong de 16 h 30. Il rentre en flânant et,

---

[1] Première idée.
[2] Partie d'une pièce.
[3] Trou qui ne débouche pas.
[4] Trou longitudinal permettant de faire coulisser un axe.
[5] Partie renforcée supportant par exemple : un axe rotatif.

comme à son habitude, en décortiquant les vitrines. Il re-père tout un tas de choses qu'il faudra bien qu'il achète un jour...

Il gravit les escaliers en sautant une marche sur deux. Il échange trois-quatre mots avec Patricia de quelque chose, la contrebassiste du second, croisée au hasard de l'escalier.

Un repas rapide, la séance de son film est à 20 h 30.

Dimanche 15 septembre.

Guyslain est ravi, hier il a mis 2 et 0 à Vincent, com-prenez qu'il a gagné son match de tennis par 6-2, 6-0. Il aime ce sport qui l'oblige à courir et à fournir des efforts violents et intenses. Il a acquis un petit niveau de 30/3. Il joue en vétéran et fait, à l'occasion, quelques tournois. En plus, pour parfaire sa forme physique, il fait du vélo de course et un peu de natation à la piscine du quartier.

Cet après-midi, il a rendez-vous, à la gare de Lyon avec quelques passionnés. Ils vont aux alentours de Dijon afin d'observer deux sous-familles de rapaces qui vivent prin-cipalement dans cette région du Jura.

Ses amis du FIR, il les côtoie depuis cinq ans et, à chaque escapade, il fait la connaissance de nouveaux arri-vants.

13h, il vérifie le contenu de son sac : jumelles, bous-sole, encas. Il porte une tenue militaire tout en camaïeu de kakis ; il n'aime pas cette couleur mais c'est indispensable pour ne pas être repéré par les oiseaux.

Le TGV est bien au rendez-vous. Il serre la main d'Antoine, d'Éric et de Charles, les trois inséparables. Puis arrive Claire, Marc, Stéphanie et une nouvelle au « club », Myriam.

« Tout le monde est là ! Et hop ! On embarque. »

Guyslain est intarissable sur la question des diverses chouettes : la chevêche, la hulotte, l'effraie, l'afgang ainsi que sur les hiboux : celui des marais, le petit et le moyen duc sans oublier sa majesté : le grand-duc.

Myriam est tout ouïe. Elle adore les animaux, mais elle avoue son noviciat dans le domaine des rapaces. Elle se régale. Guyslain aurait pu faire du théâtre, c'est un conteur né.

Le trajet est avalé en un peu plus de deux heures trente. Les voilà sur le site d'observation. Il faut bien le dire, il y a beaucoup d'attente pour peu d'animation, mais lorsque les animaux sont à portée de jumelles, l'adrénaline monte en flèche et c'est le grand frisson, une extase totale.

Hélas, les beaux rapaces ont tardé à pointer leur bec et notre confrérie animalière a loupé le train prévu du retour. Ils se sont rabattus sur un Corail. Le trajet est plus long mais bien plus convivial. Ils ont squatté un compartiment de huit places. Les conversations s'enchaînent. Tout y passe : la beauté des paysages, le calme reposant pendant la planque, la majesté des oiseaux de proie.

Guyslain a remarqué que Myriam parlait peu, elle parait inquiète, visiblement contrariée. Il la prend à part :

« Ça va Myriam ?

— Oui, oui… »

Elle ne le convainc pas.

« Qu'est-ce qui te tracasse ?

— En fait, j'habite en Bretagne et à partir de 22h, je n'ai plus de transport !

— Écoute ! Si tu veux, je t'invite chez moi. Je vis seul dans mon appartement et il est à deux pas de la gare de Lyon. »

Pour la rassurer il croit bon d'ajouter : « En tout bien tout honneur, bien sûr. »

Myriam accepte de bonne grâce et reprend ses couleurs. Sa langue se délie un peu à elle prend part aux conversations.

En gravissant l'escalier qui mène à son appartement, ils croisent Hélène qui leur dit : « Bonsoir ! » avec un sourire malicieux et entendu.

Guyslain est un as pour préparer du bon avec du peu ; la cuisine, il aime. Il mange léger mais du bien préparé. Il mitonne un petit dîner sympa.

Après quoi il fait faire à Myriam le tour du propriétaire. La propreté, les odeurs de frais et de lavande ainsi que la présence de plusieurs plantes à fleurs étonnent Myriam. Elle n'aurait pas imaginé qu'un homme seul vive ici. Guyslain la laisse dans sa salle de bains aux serviettes impeccables et méthodiquement pliées. Il n'a aucune intention précise mais son invitée est plutôt mignonne, brune et très mate, avec un délicieux accent hébreu. Elle arbore la trentaine. Aussi lorsqu'il la voit sortir nue de la pièce en se dirigeant droit sur lui, il est un peu gêné, mais surtout ému par les courbes délicates et la peau cuivrée de la belle jeune femme.

Il veut lui faire signe pour qu'elle comprenne que rien ne l'oblige à...

Le beau brun ténébreux n'a pas encore compris qu'elle le désire et ce, depuis le début de la journée. Toujours ce manque total de confiance en soi. Une plaie quasi incurable pour lui !

Ils font l'amour jusqu'à plus soif et s'endorment comme des masses vers 2h du matin.

7h ! Sa montre et son réveil le font presque tomber du lit. Myriam est partie, elle n'a laissé aucun mot, aucun message sur le PC, rien. Il en a l'habitude mais comme il se dit souvent : « *J'ai dû être mauvais ? Oh et puis merde ! Aucune importance...* »

Il ne peut pas croire que nombreuses sont les femmes qui veulent s'éclater sans s'attacher. Le beau sexe n'a plus rien à envier aux hommes sur ce plan-là. Je prends, je consomme et bonsoir Clara ! Il le sait, ce n'est pas la première fois ; sans collectionner les conquêtes, il a eu, depuis quelques années, une petite dizaine de rencontres qui se sont terminées à l'horizontale mais, de deux choses l'une, soit sa conquête du moment part – sans un mot – avant son réveil, soit, elle se comporte en mère poule et lui prépare son petit déjeuner, bio, bien sûr, en se déclarant prête à débarquer avec armes et bagages. Il ne veut rien de tout cela. Il espère une sorte de solution intermédiaire, un peu de sexe et un peu de cœur. Une, qui laisserait un petit mot avec au moins un numéro de téléphone, mais non ! Rien ! Jamais.

Voilà le rythme de sa vie : boulot, sports, balades, ciné et sexe.

La roue tourne sans être vraiment monotone, son travail le captive, mais, lorsqu'il quitte le bureau, il passe à autre chose. Les escapades à travers le pays, les visites et autres conférences – au Muséum national d'Histoire naturelle de Paris – monopolisent son attention et son besoin maladif de beautés naturelles et visuelles.

Côté cœur, un grand vide.

Il ne revoit ni sa mère, ni son frère et encore moins son ex. Il est orphelin, mais heureux de l'être, enfin presque.

Le manque d'amour est parfois difficile à supporter, dans ces moments-là, ses migraines deviennent plus intenses, presque insupportables et les cachets n'ont pratiquement plus d'effet. L'amour de Zorro calme sa souffrance, mais une voix lui manque. Et pour son malheur son cauchemar refait surface.

À chaque fois, de nouveaux détails apparaissent, les coups sont terrifiants, la douleur omniprésente. Tout ce sang... et ces larmes... mais les hommes en présence, l'agresseur et la victime, semblent encore très flous. Il n'est sûr que d'une chose : il s'agit de deux hommes. Il ressent la haine de celui qui maltraite le second. À son réveil, au coup de pied final, Guyslain fait peur à voir. Son corps est couvert de sueur, ses cheveux sont hirsutes comme s'il les avait tirés. Son regard hagard se reflète dans la glace de son meuble vitrine, il est effrayé et effrayant. Dès que son stress et son anxiété font parler la poudre, il ne peut s'empêcher de revivre cet affreux cauchemar et d'y découvrir à chaque fois des détails supplémentaires. Seul remède à tout cela, positiver ! Il est persuadé qu'il faut rire, sourire, chanter, s'éclater pour ne pas replonger.

Un de ses remèdes favoris : les films de Louis de Funès. Il a beau les avoir vus cinquante fois, il rit avec autant de plaisir, déclamant les répliques avant les acteurs, imitant les grimaces du bon Louis.

Autre solution : organiser des restos, s'oxygéner en Normandie, au bord de la mer. Le Tréport, Mers, le Crotoy, Cayeux, Saint-Valéry…

Cela fonctionne ; quand il voit tout en bleu, tout est bleu !

Ce soir, les Tong l'ont invité, la petite dernière à dix-neuf ans aujourd'hui. Ils ont organisé un repas avec seulement quelques membres de la famille. Ils seront tout de même vingt-cinq. Guyslain sera le seul européen de la fête. M. Tong aime sa discrétion, son calme et son absence totale de xénophobie.

Ces Thaïlandais voudraient bien essayer de s'intégrer sans se fourvoyer, sans plonger à pieds joints dans le monde occidental. Notre dessinateur SNCF est ravi, il aime beaucoup cette famille attachante et modeste. Il sait que les filles ont un QI hors du commun et qu'elles iront loin. Mais il sait aussi que personne ne snobera personne.

À 19h, ce soir, ce sera un pur moment de bonheur, un anti-stress majeur !

9h, Rue Traversière. Centre d'essais ferroviaires.

Guyslain vient d'apprendre une bonne nouvelle, il part pour dix jours, en Alsace et en Allemagne, afin de tester le prototype du futur TGV Est et travailler un peu sur l'ICE (le TGV allemand).

Il y aura des heures et des heures de montage, moult mesures. Il sait qu'il faudra faire, défaire et refaire les dessins, créer, inventer des pièces, des ensembles qui n'existent pas encore. Il faudra se donner mais il y aura aussi des rires, de l'émotion, lorsque l'essai, enfin, sera réussi. Peut-être de la colère aussi, si tout capote à deux doigts du but. Et ensuite, récompense suprême, l'Allemagne, la bonne bière blonde, les spécialités bavaroises et les Bavaroises tout court. Il est le seul du bureau à être convié mais il connaît déjà l'équipe qui fera le voyage, il est déjà parti avec eux en octobre, en Corse, pour l'essai d'un tout nouveau type d'amortisseur longitudinal. Ce sont tous des électroniciens et des mécaniciens hautement qualifiés, dotés d'une facilité de compréhension hors pair, mais ils savent aussi se lâcher pour décompresser alors : « Chaud devant ! ».

19h00.

Comme prévu, le repas est divin et très riche en surprises. Des senteurs inconnues, des goûts inusités. Guyslain déverse sur ses hôtes une foule de questions qui s'entrechoquent. Tout le monde veut lui répondre en même temps, ce qui fait que rien n'est clair et, de toutes façons, les demi-réponses suscitent d'autres interrogations : Quelle est la base de cette préparation ? Quel condiment y a-t-il dans ce plat ? Quel nom porte ce fruit étrange ? Guyslain se trouve même un peu ridicule avec ses bouteilles de Saint-Émilion, mais madame et monsieur Tong le rassurent : « Nous buvons beaucoup de thé, mais un bon bordeaux passe très bien ! » Karine et Elsa (tentatives d'intégration) ont respectueusement dix-neuf et vingt ans. La première est en troisième année de fac de chimie, malgré son jeune âge – elle a deux ans d'avance – la plus grande finit une licence en pharmacie. Les deux petits génies s'intéressent à tout, y compris au dessin industriel. Le TGV, elles connaissent !

À minuit, lorsque Guyslain quitte ses hôtes, il est fourbu et ivre, mais non de vin, plutôt de bien-être. Sa nuit est des plus paisible, aucun mauvais rêve ne vient le hanter. Du vrai repos.

Lundi 23 septembre.

8 heures. L'heure du grand départ pour Alsthom à Belfort. Le train 1045 fera l'affaire ! Départ 15 h15 de Paris Est. La majeure partie de l'équipe a quitté Paris, ce matin, en camion, avec le matériel de contrôle.

Il n'y a que Jean, Sylvain et Guyslain sur les quais de la gare. Le premier est le responsable de ces essais bien précis ; le second n'est autre que le monteur, le technicien chargé d'installer les divers instruments de mesure et les capots protecteurs dessinés par Guyslain. L'ambiance est bon enfant. Le voyage promet d'être enrichissant.

Durant les quatre heures de route, toutes les techniques de prises de mesures y passent. Peu de discussions privées, il faut dire qu'à ce niveau le travail occupe tous les espaces libres de la journée. Sylvain et Guyslain vivent seuls, ni femme ni enfant ; quant à Jean il est veuf avec trois filles. Sa position sociale lui permet d'avoir une aide à domicile. Cette femme gère les repas et les enfants. Il ne sait presque rien sur sa progéniture. Son boulot le grignote un peu plus chaque jour, mais cela le tient en vie. Son épouse est décédée des suites d'un cancer de l'utérus à trente-huit ans. Il ne s'en est jamais remis.

Belfort. 19h.

Les voilà arrivés à bon port.

Après avoir récupéré les autres membres de l'équipe, briefing sur le déroulement des journées. « Mardi, on commencera par la visite des ateliers d'Alsthom ; l'après-midi, nous irons sur la rame prototype, puis, installation du matériel de mesure ; mercredi, de très bonne heure, départ en direction de Dijon pour plusieurs allers-retours Lyon à 300 km/h, afin de tester la suspension, la tenue des bogies, les boîtes d'essieux, les moteurs de traction et les tripodes[1]. Si les essais sont concluants, jeudi : départ de Belfort pour Mulhouse et plusieurs voyages Mulhouse - Strasbourg à V200 sur ligne classique. Si rien ne s'y oppose, après démontage des capteurs, départ pour l'Allemagne (ceci ne concerne pas ceux qui rentrent en camion sur Paris), pour un voyage d'agrément sur l'ICE et rencontres avec nos homologues germaniques. L'après-midi retour sur Paris par le Corail de Strasbourg... »

Tout est bien ficelé, programme prédigéré et, hormis un léger contretemps l'après-midi du mercredi, suite à une interruption de l'alimentation caténaire[2], tout se déroule comme prévu. Guyslain n'est là qu'en guise d'observateur. Tous les capteurs et les capots de protections ont été dessinés et conçus au bureau d'études avant le départ. Le voyage lui plait énormément. Il se plonge avec délices dans l'analyse de la lecture des relevés des divers appareils de mesure, mais il se délecte surtout de multiples paysages ainsi que des diverses spécialités alsaciennes et de la gaieté qui anime les pubs allemands.

---

[1] Transmission : de l'effort de traction aux bogies.
[2] Câble d'alimentation électrique.

38

Le voyage lui parait long, mais la fatigue accumulée depuis cinq jours lui ferme les yeux. Il ne voit, pour ainsi dire, rien vu du trajet retour.

Phase 4

Mercredi 2 octobre 2003.

Guyslain a retrouvé son appartement vers 21h, mais, avant, il est passé chez Hélène pour voir si tout va bien et si Zorro s'est bien comporté avec « Mamie sourire ». Un coup sur la sonnette et l'on frappe deux fois (ce code, ils l'ont mis au point avant son départ), la vieille dame, malgré une certaine fraîcheur, a très peur des mauvaises rencontres même si l'immeuble est protégé par un digicode.

« Bonjour Guyslain ! »

Elle parait aller bien, mais il y a, comme qui dirait, un truc qui cloche. Notre cheminot grimace :

« Bonjour Hélène ! Tout s'est bien passé ?

— Oui oui ! Zorro est en pleine forme et n'a fait aucun dégât.

— Pardonnez ma curiosité, mais vous avez l'air préoccupé ?

Hélène fait signe à son visiteur d'entrer et de s'asseoir.

— Un thé ! propose-t-elle. »

Guyslain n'aime pas le thé, mais il lui parait indispensable de répondre par l'affirmative. Notre cheminot dessinateur dépose le cadeau qu'il a acheté, pour la remercier, sur la table de la cuisine. Hélène revient avec deux mugs et une théière fumante. Elle lui ouvre son cœur :

« Guyslain, c'est au sujet de mes voisines : Léa et Jamila. Elles se disputent et c'est très violent. Bien sûr vous me direz que c'est naturel, mais il y a deux jours, je crois qu'elles ont tout cassé chez elles. Les injures, les menaces, les pleurs, c'était vraiment effrayant. »

Guyslain se veut rassurant :

« Vous savez c'est très courant de nos jours et qui dit casser ne dit pas forcément blesser. Elles vont finir par se calmer ou se séparer, mais n'ayez pas peur, tout ceci est malheureusement très banal. »

Guyslain ne croit pas un mot de ce qu'il dit. Au contraire, l'angoisse le gagne peu à peu. Il ne sait pas vraiment pourquoi, mais les disputes le terrifient. Entendre une femme hurler lui tenaille le ventre au point d'en avoir envie de vomir.

Malgré la faim, ce soir-là, il ne peut rien avaler. Au-dessous, chez Léa et Jamila tout est calme, pas un bruit.

La migraine que Guyslain a éprouvée ce vendredi soir n'a jamais été aussi vive. Il imagine les deux femmes se battre, s'entre-déchirer. Sa grande journée mêlée à la fatigue ont eu raison de lui, il s'est lourdement endormi. Pour son malheur, et comme il s'y attendait, son cauchemar refait surface. Cette fois, la violence est plus intense. Il entend très nettement les injures sans reconnaître les voix. Il ne comprend toujours pas ce cauchemar, mais, pour la première fois, il entend très nettement les mots prononcés par l'agresseur : « Petite merde ! Raclure ! Charogne ! Je veux que tu crèves ! T'entends ! Crève !! »

Guyslain se redresse dans son lit le corps couvert de sueur et les yeux noyés de larmes. Il lutte contre les spasmes de sa gorge qui lui donnent cet affreux goût de bile dans la bouche. Il se lève d'un bond. Cette fois, ni la lumière du frigo ni les verres de jus d'orange frais n'auront d'effet. Il aura beau se passer la tête sous l'eau froide, son sommeil ne reviendra pas, il le sait. Pourtant, à l'étage du dessous, il ne règne aucun bruit, tout est calme.

Ce week-end, il décide de rester chez lui, mise à part la promenade au Jardin des Plantes du samedi, inévitable, il ne fait rien. Il tente, avec succès, de se reposer l'après-midi du samedi, il a cette rare faculté de s'endormir à n'importe quelle heure de la journée.

Le déjeuner du dimanche est bref mais bien préparé et très équilibré, il n'aimerait pas être en surpoids, d'ailleurs cela n'a jamais été le cas.

Dimanche 13h.

Chez les filles, Léa est revenue. Le ton est monté instantanément, surtout la voix de Jamila.

« Si tu pars ! hurle-t-elle, ne reviens jamais ! Tu m'as entendue ! Jamais !! »

Léa doit ranger ses affaires, elle ne répond pas. Puis, la porte d'entrée claque très violemment. Quelque chose a dû tomber, il y a un fracas terrible ; quelque chose ou quelqu'un dévale l'escalier. Guyslain ouvre sa baie vitrée et se penche au balcon de sa terrasse. Léa sort par la cour intérieure, suivie d'une grosse valise à roulettes. Jamila est sur son balcon, elle vocifère :

« Dégage ! Salope ! Tiens, tu as oublié cela ! »

Elle lui lance une trousse de maquillage, tout le contenu s'étale sur la pelouse. La belle brune ne se retourne pas. Elle disparait du champ de vision.

Tout redevient calme, mais Guyslain sent le stress le regagner, il essaie de l'ignorer en se concentrant sur le reportage animalier qu'il suivait auparavant, mais rien n'y fait. Le soir venu, tous les bruits habituels de ce bâtiment se taisent, mais il entend nettement les pleurs et les convulsions de Jamila. Pour lui c'est terrible, pourquoi ? Il ne le sait même pas lui-même. Il sait juste que cela le révulse, que sa colère gronde, qu'il déteste entendre une femme souffrir. Pourtant, il n'y a rien de plus banal qu'une séparation. Il sait très bien que sa réaction est démesurée et qu'il devrait consulter un psy, mais il ne croit pas en leur science. Il se contente de penser qu'il a une sainte horreur des scènes de violence, c'est probablement ce qui explique son comportement face à son affreux et récurrent cauchemar.

Pour la première fois de sa vie notre dessinateur a avalé des somnifères, et bien lui en a pris, il a dormi d'une traite de 23h30 à 7 h.

Lundi matin.
7h15.
Il prend son petit déjeuner dans le calme, sans musique et sans Zorro qui est resté couché dans son panier. Même le bruissement du papier du paquet de céréales ne l'a pas tiré de sa léthargie. Pourtant, le beau gouttière ne manque jamais une occasion de quémander un petit quelque chose.

7h30.
Il est prêt. Un dernier bisou à son chat et, le voilà sur le palier de sa porte. Il descend calmement les marches de l'escalier, mais, au moment de passer devant la porte de Jamila, il s'aperçoit qu'elle est entrebâillée. « *Étrange* » pense-t-il. Il se demande ce qu'il faut faire, lorsque la chute d'un objet tombant lourdement, conjugué à un cri étouffé, le décide à pénétrer dans l'appartement...

La porte à peine poussée, il lâche son porte-documents en hurlant : « Au secours ! Au secours ! ».

Jamila s'est pendue au gros lustre en bronze de son salon. Son corps est agité de soubresauts et, probablement par réflexe, elle a glissé ses doigts entre son cou et la ceinture de son peignoir. Guyslain lui enserre les jambes pour la soulever et soulager sa gorge. Sous le coup, la jeune femme s'est lâchée, tout le bas de son corps est trempé, le carrelage est glissant. À l'aide de son pied gauche, il réussit à redresser la chaise que sa voisine a fait tomber quelques instants auparavant ; il grimpe dessus tout en soulageant le corps désormais inerte, mais, la décrocher n'est pas chose aisée, surtout en équilibre sur une chaise.

43

Il a plié le corps de Jamila en deux, en la plaçant sur son épaule. Ses mains tremblent, mais il parvient tout de même à défaire le nœud coulant. Au moment où Guyslain dépose la jeune femme sur le canapé, Hélène, attirée par les hurlements, fait son entrée. Elle pousse un véritable cri de terreur en contemplant la scène.

« Venez vite Hélène ! Intime Guyslain, il faut appeler les pompiers, s'il vous plait, restez à côté d'elle.

— Que se passe-t-il ? ! Qu'a-t-elle fait ?!

— Ce n'est pas important ! Veillez sur elle ! ».

Guyslain prend son téléphone et appelle le 18 :

« Allô ! Les pompiers !

— Oui.

— Venez vite au 36, boulevard Beaumarchais, bloc C, troisième étage à droite ! Tentative de suicide par pendaison !

— Donnez-moi votre numéro s'il vous plaît. »

Guyslain connait la procédure, elle est indispensable afin d'éviter les canulars.

Son téléphone sonne.

« Monsieur, la personne est-elle consciente ?

— Non.

— Est-ce qu'elle respire ?

— Oui !

— Connaissez-vous la PLS ?

— Oui !

— Alors disposez-la en PLS et facilitez l'accès des pompiers, un véhicule vient de partir. »

Guyslain envoie Hélène neutraliser le digicode de l'immeuble. Il veut rester près du corps de la jeune femme ; il a même pensé nettoyer l'urine, mais, il y aura enquête de police, il ne faut toucher à rien.

En moins de cinq minutes les secours sont sur place, le SAMU et les pompiers.

Ils jugent l'état de Jamila délicat mais réversible et peu inquiétant.

L'adjudant pompier s'adresse à Guyslain :

« Vous êtes son mari ?

— Non, juste son voisin.

— Alors, il faut prévenir ses proches, nous l'emmenons à Bichat ! »

Notre cheminot de service est bouleversé mais conscient des gestes et des actes à faire. Il a immédiatement prévenu ses supérieurs en leur expliquant le minimum. Ils n'avaient pas besoin de savoir. Il demande quelques congés, on lui accorde sans le moindre problème, car il n'en prend que rarement et, de surcroit, il n'a jamais été malade.

Le calme revenu – seule Hélène est présente ce jour-là – il peut se consacrer au nettoyage du sol, il lui parait inutile de laisser cet indice qui n'en est pas un. Il n'aime pas fouiller dans les affaires des autres, mais il faut prévenir la famille. Les deux jeunes femmes ne reçoivent presque personne, en dehors de quelques collègues et de quelques amis du milieu gay et lesbien. Les hétéros sont bien trop sectaires pour elles.

Guyslain ouvre le sac à main de Jamila qui trône sur le canapé. Il trouve facilement son agenda, mais sur le peu de noms qui s'y trouvent aucun ne porte le même qu'elle ; Léa non plus n'y figure pas. Sur son téléphone portable, idem !

À cet instant précis, Guyslain décide de s'occuper de tout. Pour la famille, on verra plus tard. Constater que la jeune femme est esseulée et la laisser comme cela en faisant le minimum syndical, c'est au-dessus de ses forces. La tentative de suicide mise à part, cette jeune femme lui ressemble beaucoup trop. Il la comprend, il veut juste lui tendre la main… envers et contre tout, peut-être même contre la propre volonté de Jamila.

Pour sa part, il pense que, quels que soient les problèmes que l'on peut rencontrer dans une vie, la mort n'est en aucun cas une solution ; il en a toujours été persuadé. Pour l'heure, il doit se rendre à l'hôpital et s'occuper de la prise en charge de sa voisine. Il faut la carte Vitale de la jeune femme ainsi que des affaires de rechange et un petit nécessaire de toilette. Il réussit sans peine à regrouper tout cela. Il a un petit sourire et un certain étonnement en cherchant des sous-vêtements dans la commode. En effet, Jamila avait tout du garçon manqué, des cheveux assez courts, pas de maquillage, toujours en jean-basket, et là, en fouillant dans le meuble, il tombe sur des boxers en dentelle, des strings ficelles, des brésiliens très modes. En dessous de ça, trônent quelques gadgets de plaisir. « *Et alors !* » pensa-t-il en refermant le tiroir. Il a pris ce qu'il a trouvé de plus sobre et en quantité réduite. La jeune femme est dans le coma et s'habiller n'est pas vraiment une priorité première.

Hôpital Bichat.
Lundi 5 octobre, 10h.
Guyslain demande immédiatement des nouvelles de Jamila :
« Comment va-t-elle ?
— Son état est stationnaire, elle est toujours dans le coma, mais les médecins sont confiants. »
Notre bon samaritain obtient la permission de déposer les affaires de sa voisine dans la chambre et d'installer le nécessaire de toilette.
Il n'ose pas la regarder de suite, mais il ne peut s'empêcher de laisser traîner son regard. Jamila est appareillée, mais elle semble calme et ses traits sont relâchés. Il est tout près d'elle. À ce moment-là en l'observant il ressent

comme un choc ; quelque chose d'indescriptible et d'inexplicable, d'ailleurs il ne cherche pas à analyser les réactions de son cœur et de son esprit.

Pour le moment, la télé et le téléphone sont superflus. À cette heure, il n'y a plus rien à faire, il n'y a plus qu'à attendre.

Guyslain retourne à son domicile vers 11h30, histoire de se reposer un peu de ce trop-plein d'émotion.

Il passe l'après-midi au chevet de Jamila. Personne n'est venu lui rendre visite ce jour, personne en dehors de notre dessinateur SNCF.

Son choc du matin revient lui rendre une petite visite vers 15h, tout est calme dans la pièce immaculée. Il peut aisément concentrer son attention sur la jeune femme. Il ne peut voir que son visage et ses mains. Ses cheveux onyx coupés en carré, ses sourcils et ses cils d'un noir charbon parfaitement dessinés. En fermant les yeux il peut se souvenir des grands yeux noirs, extrêmement expressifs, qu'elle arborait lorsqu'elle le croisait le matin, mais qu'elle détournait quelques fractions de seconde après. Un petit nez droit, des lèvres charnues juste comme il faut, un menton fin, presque transparent, des oreilles bien collées, un cou tendre, musclé sans excès. Des mains de taille moyenne, des doigts fins, ni gras ni trop musclés, comme ceux de Guyslain. Mais, contrairement à lui, ses ongles sont bien présents, ils sont assez longs, mais sans french manucure, des mains qui travaillent tout en étant restées belles et soignées. Le tout sans apparat. Pas le moindre bijou. Son corps ? Il le sait léger, mais musclé, le corps d'une danseuse d'un mètre soixante-cinq. Il ne comprend pas le pourquoi du pincement au cœur qu'il ressent, mais il est touché, ému, par cette jeune femme, là, devant lui, cette femme qui a voulu mourir.

Il espère qu'elle sortira de « sa nuit » bien qu'il craigne sa réaction, après tout, il l'a empêchée de mettre un terme à son projet.

Les trois jours suivants, il ne se passe rien de marquant, rien, mis à part le travail de Guyslain sur lui-même. Il réussit à analyser ses réactions, il comprend son émotion. Au début, il était juste bouleversé par le geste de désespoir de la jeune femme et par la peur qu'il soit trop tard pour réagir.

Aujourd'hui, il sait qu'il y a autre chose. Il sait qu'elle est désespérée, seule et lesbienne. Il se sait très attiré par elle, mais, il l'a sauvée contre sa volonté et le cœur de Jamila bat pour les autres femmes et pour Léa en particulier.

Serait-il possible qu'il tombe amoureux d'une femme qui a toutes les raisons de le détester ? Pourquoi recherche-t-il toujours les problèmes ? Son défaut majeur : il a toujours écouté son cœur et son cœur ne cesse de lui répéter : « Aime-la ! » Même si c'est désespéré : « Aime-la ! »

Le lendemain, Guyslain a repris le travail, mais il n'a pas pu s'empêcher de téléphoner à l'hôpital pour avoir des nouvelles.

« Rien de nouveau », lui a répondu l'infirmière de service.

Il a pris une heure de temps rendu, il veut être avec elle le plus tôt possible, même si elle dort toujours. Le temps passe très vite à ses côtés. Comme depuis le second jour, il lui a acheté une rose rouge. À son arrivée une surprise l'attend.

Au troisième étage, au service de réanimation, il entend crier, hurler, devrais-je dire. La surveillante, qui commence à le connaître, sort de la chambre 13, celle de Jamila.

« Tout va bien ? demande Guyslain d'un ton implorant.

— Vous jugerez par vous-même ! siffle la femme en blanc. Elle ajoute : son réveil ne l'a pas vraiment réjouie. »

Guyslain frappe à la porte, déjà entrebâillée. Sans réponse, il pénètre doucement dans la pièce...

À peine a-t-il un pied à l'intérieur qu'il comprend, sans peine, la situation.

Un plateau gît à terre, à côté de bris de verre et d'un repas complet que la jeune femme a expédié, probablement suite à une grosse colère. Jamila est assise, les cheveux en bataille, couverte de sueur. Ses immenses yeux ronds et noirs sont injectés de sang, un véritable diablotin sorti de sa boîte. Dès qu'elle aperçoit son sauveur et sa jolie rose elle explose :

« Pauvre con ! Espèce d'idiot ! Qui vous a demandé quelque chose ! Vous ne pouviez pas me laisser crever ?!

Guyslain est interloqué, bouche bée, ahuri. Jamila sait tout ! Elle enchaîne :

Sac à merde ! Pauvre pomme ! »

En voyant la rose dans la main de son visiteur, elle comprend la raison d'être du bouquet qui trône dans un vase sur sa table de chevet. Joignant le geste à la parole, elle saisit la cruche et la lance de toutes ses forces à la tête de Guyslain. Il esquive le contenant, mais prend le contenu. Ses vêtements trempés parsemés de pétales de roses collés lui donnent l'air désuet d'un prince crapaud sortant de sa mare.

Jamila cherche déjà autre chose à lui balancer, mais les munitions commencent sérieusement à se faire rares.

Guyslain ne demande pas son reste, il sort le plus vite possible en essayant de retirer les pétales rouges de sa chemise blanche. Dans la bagarre, il n'a pas lâché sa rose. Deux internes et quelques infirmières rient sans retenue en voyant le pauvre prince déchu.

Notre homme est aussi écarlate que les roses, mais ce n'est pas de honte. Il vient de prendre un râteau de la taille

49

d'une moissonneuse-batteuse, mais, ce n'est pas cela non plus. Il a eu une poussée d'adrénaline subite. La violence des mots et des gestes de la jeune femme contraste trop avec l'ange endormi. Il sait aussi, que d'une façon désespérée, il commence à l'aimer et, voilà qu'elle l'aurait bien démembré avec délectation. Aimer son ennemi, c'est étrange, effrayant, mais c'est excitant. La peur mélangée à l'amour, le tout baigné par un flot d'impossibilités, c'est comme le feu et la glace, un mélange détonant.

Il quitte l'hôpital, non sans s'être assuré que Jamila ne manquera de rien. Avant de partir, il donne sa carte à la surveillante en la priant de lui téléphoner au cas où.

Sur le chemin du retour, il essaie de mettre un peu d'ordre dans ses idées, sans vraiment y parvenir. Tout se bouscule en lui. Tout a été trop rapide. Le voilà retourné à la case départ avec à l'esprit de multiples et nouvelles questions : « Qu'éprouve-t-il ? de l'amour ? de la curiosité ou de la peur ? En fait c'est un peu de tout cela en même temps. »

Son bilan de vie, il le fait très régulièrement : une enfance effacée par un grave accident de voiture dans sa quinzième année ; une adolescence studieuse mais solitaire ; une expulsion dans la jungle de la vie active à sa majorité. Deux heureuses rencontres : son mentor, puis son ex-femme. Une trahison conjugale de la pire espèce. Un retour à une vie sereine avec des rencontres sans lendemain, le tout ponctué de bons moments, de passions sans exaltation et de quelques centaines de nuits hantées par cet affreux et redondant cauchemar. D'ailleurs, ce soir, il sait que ses fantômes vont lui rendre visite, sa migraine ne le trompe pas.

La journée est trop riche en émotions. En effet, vers 3h du matin, l'affreuse scène le fait se plier en deux dans son lit. Toujours ces coups, ce sang, ces plaintes déchirantes. Encore cette rage de l'agresseur, ses injures et ce sentiment d'impuissance face à tant de violence. Cette fois son front ne ruisselle pas il est presque calme. Guyslain se lève pour le traditionnel jus de fruit frais et pour se rafraîchir le visage. Il est tout à fait conscient que son état est lié à ses émotions. Pour cette fois, il réussit à maîtriser sa peur même s'il ne comprend rien à ce mauvais rêve. Qui sont ces deux hommes ? pourquoi ce massacre ? où a-t-il bien plus voir cela ? dans un film ? une lecture imagée ? une scène de sa petite enfance ? ou tout simplement le pur fruit de son imagination.

Le lendemain et la semaine suivante Guyslain est moins performant au travail. Le samedi au tennis, avec son pote Vincent, ce n'est pas ça non plus, son coup droit laisse vraiment à désirer ; la sortie du dimanche, avec ses amis du F I R, est annulée à cause du temps.

Sa vie est un peu triste, morose et, il ne se passe rien à l'étage du dessous, pas de bruit, pas de Jamila.

Le lundi soir, après être rentré du travail, une surprise agréable l'attend. De l'étage inférieur, il entend monter des rires, des éclats de voix, des tintements de vaisselle. La jeune femme est sortie de l'hôpital et, visiblement, elle fête ça avec quelques amis.

L'absence d'appel sur son portable et sur son fixe l'a, d'ailleurs, conforté dans ce sens. Jamila va mieux. Et voilà qu'elle est revenue. Guyslain est heureux pour elle. Pour la première fois, il se félicite de l'avoir sauvée d'une mort certaine, mais il doit bien avouer qu'il appréhende leur prochaine rencontre.

Le jeudi soir, en remontant du local à poubelles, où il vient de jeter son sac de détritus, il tombe nez à nez avec Jamila qui, visiblement, l'attendait sur le pas de sa porte. Guyslain surprit, voit tout de suite que la jeune femme a l'air calme et détendu. Il prend les devants :

« Bonsoir, Jamila ! Comment allez-vous ?

— Bien, merci. »

Sa voisine baisse les yeux, elle est mal à l'aise et confuse. Elle communique aussi son mal-être à notre cheminot mais elle brise le pesant silence :

« Je voudrais m'excuser, j'ai été ridicule et méchante. »

Guyslain veut répondre, mais aucun mot ne sort de sa bouche. Elle poursuit :

« Vous m'avez sauvée et je vous ai remercié en cherchant à vous blesser au propre comme au figuré. »

Guyslain sourit en essayant de justifier son geste :

« Je ne pouvais pas vous laisser... rester les bras croisés et ne rien faire… ce n'est pas vraiment mon style.

— Si vous le voulez bien, j'aimerais vous inviter à dîner chez moi, demain soir, nous pourrons discuter, propose Jamila.

— Je ne veux pas vous déranger.

— Si si, j'insiste ! Demain vers 19h, cela vous convient ?

— Bien, j'apporterai une bouteille et...

— Un gâteau, je veux bien, je suis nulle en pâtisserie.

— Ok pour demain 19h ! Si vous avez un empêchement, je vous donne mon numéro de portable ? »

Jamila esquisse un sourire :

« Inutile, la surveillante de l'hôpital me l'a déjà donné...

— Bien alors à demain et bonne soirée !

— Vous aussi ! »

À nouveau, Guyslain fond sous le charme. Il vient de retrouver l'ange endormi. Il est euphorique et perplexe à la fois, à quoi doit-il s'attendre ? Inutile de préciser que la journée de vendredi lui semble interminable. Il guette constamment l'heure à la grosse horloge triste du bureau. Enfin 17h sonnent et notre homme part d'un bon pas acheter une bonne bouteille de saint-émilion. Le gâteau ? Il va le faire lui-même. Il touche sa bille en pâtisserie, le dessert de ce soir, ce sera un savarin au rhum et crème anglaise.

Tout en préparant son gâteau, Guyslain se résonne :

« T'emballe pas, elle veut juste te remercier et justifier ses actes. Peut-être qu'elle a invité un ou une amie à dîner. Ce n'est qu'un repas de conciliation... »

Malgré les recommandations qu'il se fait à lui-même il sent bien que son cœur s'emballe et il espère. Mais qu'espère-t-il au juste ? Un mot, un geste d'elle ? Il ne faut pas qu'il cogite, sinon la migraine va revenir en force et ce soir, il ne veut pas de ces satanés maux de tête.

19 h 00.

Notre sauveur d'un jour s'est apprêté, cool mais bien. Un jean mode, sa chemise « Blanc du Nil » préférée sans col ni bouton, ses Puma blanches. Il est rasé de frais et le tout agrémenté d'un parfum vanillé.

Dans sa main gauche le savarin et dans la droite la bouteille de rouge.

Il sonne à la porte, la gorge sèche, en essayant d'exprimer un sourire contenu. La porte s'ouvre et là, le Guyslain souriant devient un Guyslain interloqué : Jamila est radieuse. Ses yeux et ses lèvres sont maquillés avec goût et finesse. Elle porte un tailleur blanc, court, décolleté plongeant, ainsi que de très beaux escarpins ajourés laissant entrevoir, sur des talons hauts perchés, des pieds parfaits. La jeune femme l'accueille avec un large sourire :

« Bonsoir !

— Bonsoir, Jamila !

— Vous êtes ponctuel, j'adore ça. »

Elle fait entrer Guyslain dans la salle à manger. Un dîner aux chandelles y est dressé. Guyslain ressent un fort pincement au cœur en revoyant les chaises et le lustre, mais la gaieté est de mise. Il regrette un peu de ne pas

53

avoir apporté de fleurs, mais la scène de l'hôpital l'a découragé.

« Quel beau gâteau ! s'exclame Jamila. Vous êtes un pro des desserts ?

— Attendez d'y goûter avant de me complimenter. »

Jamila n'a invité personne d'autre, sous la lueur des bougies, il n'y a que deux assiettes. Guyslain est en plein rêve éveillé, il n'a pas le temps de disséquer cet instant doré, mais la beauté apprêtée de son hôtesse le subjugue. Elle, qui était déjà très féminine en garçon manqué, ressemble à une déesse. Le blanc immaculé de son ensemble fait ressortir la noirceur de sa chevelure ainsi que l'éclat de sa peau mate ; notre invité est au bord des larmes, toujours cette hyper émotivité…

Le repas est léger mais succulent. La jeune femme adore le vin et le sucré. Le gâteau, pourtant conséquent, faillit y passer ; la bouteille de bordeaux, quant à elle, est accompagnée dans son trépas par une demie Moulin à Vent. Au café, les deux comparses sont quelque peu guillerets. La conversation qui est jusqu'alors restée très banale prend une tout autre tournure, c'est connu, le bon vin délie les langues des plus timides.

« Guyslain, j'ai été odieuse avec toi – il n'y avait plus de vous –, je voudrais t'expliquer mon geste et mes mots.

— Ne te sent pas obligé de…

— Si ! Il faut que je commence par le début et, s'il te plaît, ne me coupe pas dans mon élan. »

Guyslain se tait et ouvre toutes grandes ses oreilles. Jamila enchaîne : « Je suis née à Marrakech au Maroc, il y a trente-deux ans depuis un mois. Je suis l'ainée de quatre filles. Mes parents sont des commerçants prospères et argentés. Je n'ai manqué de rien, mais ils voulaient que leur progéniture fasse des études. Mon père aurait préféré un fils mais la vie en a décidé autrement. Ils ont voulu m'imposer des études d'architecture ou d'histoire de l'Art. J'ai vite compris qu'une rébellion frontale ne passerait pas. Ils m'empêchaient même de sortir et d'avoir une adolescence normale. Je n'avais, bien sûr, aucun droit de fréquenter des garçons. Seules quelques copines étaient autorisées à venir à la maison et encore pas n'importe lesquelles. Après mon bac, à dix-neuf ans, j'ai prétexté que je voulais faire des études à Paris. Mes parents étaient ravis ; ils m'ont acheté un deux pièces dans le Quartier latin et ils m'ont alloué une pension mensuelle très correcte. Ils ne savaient rien de mes démarches, ils voulaient juste des résultats. J'étais déjà passionnée par la danse. Je n'ai eu aucune difficulté à m'inscrire dans un cours privé et, par la suite, à réussir mes examens. Bien sûr, je ne suis jamais allée en cours d'architecture. À vingt-deux ans, j'ai pris mon courage à deux mains et j'ai tout avoué à ma mère, pendant les vacances d'été, au Maroc ; la réaction ne s'est pas fait attendre, mes parents m'ont immédiatement menacée de me couper les vivres, mais comme je volais déjà de mes propres ailes, ils ont tout simplement et tout bêtement coupé les quelques liens qui nous unissaient encore. » Guyslain est un peu gêné que la jeune femme s'ouvre ainsi à lui avec autant de sincérité mais, visiblement, Jamila a gardé depuis trop longtemps ses souffrances en elle. Elle a besoin de parler, de se confier et elle est loin d'avoir fini, elle continue : « Pour t'expliquer mon geste du mois dernier, il faut que tu saches certaines choses me concernant. Je commence par le début. Comme je te l'ai déjà dit, mes parents m'interdisaient d'avoir des relations avec les garçons. Ils étaient aussi très rigides avec moi. Je manquais terriblement d'amour. Parmi les filles autorisées à venir dans ma chambre se trouvait une dénommée Dalila. Elle était hardie et très chaleureuse. Nous avons flirté et nous nous sommes aimées, en cachette, bien sûr. Mes parents s'intéressaient si peu à moi qu'ils n'ont rien vu. Nos che-

55

mins se sont séparés lors de mon exode parisien mais, dans le monde du spectacle et de la danse en particulier, les homos sont légion, j'ai vite trouvé une remplaçante à Dalila.

Avec Léa, c'était du sérieux, vraiment du sérieux, mais quand tout est cassé, même si ce n'est que d'un seul côté, il n'y a plus rien à faire. J'étais seule, désemparée, inutile, alors j'ai voulu en finir. »

Jamila se met à sangloter puis à pleurer sans retenue, c'est déchirant, douloureux, surtout pour Guyslain qui ne supporte pas de voir pleurer une femme, et celle-ci en particulier. Notre bon Samaritain se lève, s'approche de la jeune femme que les larmes déchirent. Jamila se redresse, comme au ralenti, comme si une chape de plomb pesait sur elle. Ils s'étreignent sans l'avoir prémédité.

Guyslain la serre, la réchauffe. Il lui murmure des mots d'apaisement et de réconfort. La jeune femme a calé son visage au creux de l'épaule du brun ténébreux. Il s'étonne de la sentir se blottir contre lui, sans retenue, l'étreignant à l'étouffer. Puis, un mouvement vif du buste de la jeune femme, fait comprendre à Guyslain qu'elle veut se dégager de cette position. Contre la volonté de son cœur, il relâche sa prise lentement, sans brusquerie inopportune. Mais, au grand étonnement de Guyslain, Jamila saisit délicatement le visage de notre cheminot, il n'ose pas réagir. Avec une infinie douceur, la jeune femme approche ses lèvres en-trouvertes de celles de Guyslain. Il s'ensuit un très long et très passionné baiser. Jamila, qui s'est montrée à plusieurs reprises d'une grande violence, prouve à son hôte qu'elle est capable d'être l'être le plus doux et le plus tendre de ce monde. La sincérité et la profondeur de ce baiser coupent un peu les jambes de notre Roméo qui n'en croit pas son cœur. Cet échange est plus que ce qu'il paraît être, un pur moment d'exception, une minute d'extase où plus rien n'existe, où plus rien ne compte, en un mot :

Divin !

La mécanique masculine étant ce qu'elle est, Guyslain, bien malgré lui – sentant vibrer le corps de la jeune femme – ne peut réprimer son désir. Jamila qui était collée à Guyslain sent instantanément l'excitation de son partenaire et là, tout bascule : elle desserre son étreinte, le pousse violemment en lui administrant un magistral aller-retour. Guyslain sent ses joues cuisantes s'empourprer sous le choc. Il a de nouveau, face à lui, le redoutable diablotin. Le regard furieux, elle commence à l'injurier :

« Sale porc ! Tous les mêmes ! Tu veux me baiser… hein ! Tu veux me la mettre ! Le cul, c'est tout ce qui vous intéresse, vous les mecs ! »

Guyslain passe une nouvelle fois du feu ardent au froid le plus glacé, mais il connait déjà la suite. Au regard enfiévré de la jeune femme, il comprend tout de suite qu'elle cherche – sur la table – des munitions à catapulter.

Sans demander son reste, mais surtout, afin de ne pas briser les minutes divines qu'il vient de vivre, il détale. De toutes façons son seul bagage, ses clés, sont dans la poche de son pantalon. Rien à reprendre, il lui faut juste déguerpir au plus vite et garder dans son cœur, le doux parfum sucré, le goût des lèvres et du baiser de Jamila.

Guyslain a compris la leçon et il ne veut surtout pas récidiver, mais l'amour est vraiment ancré en lui. Ne plus penser à la jeune femme est au-dessus de ses forces. Il est perturbé et quelque peu perdu. Que faire ?!

Le lendemain et les jours suivants Guyslain fait tout afin d'éviter de croiser le chemin de Jamila. Il part chaque matin avec une demi-heure d'avance. Non pas qu'il craigne un face-à-face, il ne sait simplement pas comment réagir en sa présence, ni que lui dire. Prendre un ton neutre et détaché, il ne peut pas, trop dur !

Il ne veut surtout pas recommencer à souffrir, mais il sait déjà qu'oublier cette femme est utopique, alors il décide d'attendre et de laisser le hasard agir.

Pour une fois, il fait confiance à la vie qui pourtant ne l'a pas épargné jusque-là.

Au travail, il doit faire des efforts de concentration pour être toujours aussi performant. Il a eu quelques coups de cœur dans sa vie, il se souvient très bien de la première rencontre avec Syssy, c'était très fort et très intense, là, c'est différent, Jamila le désarme. Elle est à la fois le glacé et le brûlant, la nuit et le jour, la lune et le soleil. Ses coups de gueule le brisent, mais son élan de cœur du dernier rendez-vous le transcende. Il ne peut se résoudre à l'oublier. Il lui suffit de fermer les yeux pour se remémorer le goût sucré des lèvres de sa danseuse. La serrer dans ses bras et la sentir s'abandonner contre son corps à lui… il peut, aujourd'hui encore, ressentir l'extrême émotion d'alors. Magique !

Bon gré mal gré, conscient ou pas, il est en train de tomber amoureux, profondément et douloureusement amoureux. Douloureusement, car, pour lui, cet amour a le goût amer des amours impossibles.

Pourtant les jours passent. Après les jours, ce sont les semaines et rien ne change.

Guyslain commence à croire que tout va rester en l'état, qu'il ne vivra plus rien avec sa belle naïade et que toute cette histoire lui laissera juste le goût acide de l'inachevé et une cicatrice supplémentaire.

Et puis… et puis le lundi 20 décembre en rentrant du travail, vers 17h30, Guyslain ouvre machinalement sa boîte à lettres. Je dis machinalement car, en dehors des factures et des deux ou trois revues animalières auxquelles il est abonné, sa boîte reste désespérément vide. Mais, aujourd'hui, au-dessus de sa facture EDF trône une belle enveloppe rose. Première surprise, il n'y a ni timbre ni cachet de la poste, juste son prénom à lui. Le courrier est cacheté et rien non plus au verso. Il décide de ne pas l'ouvrir de suite. Il gravit les marches de l'escalier quatre à quatre, se dépêche d'entrer et donne à boire à Zorro. Il prend une profonde respiration en s'asseyant, puis, il décachète l'enveloppe :

Bonjour Guyslain,

Je me suis demandée à plusieurs reprises si je devais écrire cette lettre, mais, aujourd'hui, je me jette à l'eau. Tout d'abord, je tiens à m'excuser pour mon comportement lors de notre dernier rendez-vous. Je me doute que tout ceci te déconcerte, mais je pense être une femme involontairement complexe. Je voulais te dire que je ne regrettais en rien notre échange de baiser, mais essaye de te mettre à ma place ! J'ai toujours été lesbienne et je n'avais aucun doute à ce sujet. Voilà que tu fais ton entrée dans ma vie et d'une façon hostile puisque tu m'as empêchée de mettre fin à une souffrance (acte pour lequel je te remercie aujourd'hui). Tes mots, ta gentillesse et ton physique m'ont touchée en profondeur et je dirais même envers et contre moi. J'étais perdue, sans repère. Déchirée par mes sentiments. Tu remets toute ma vie en question c'est pour moi un constat très déroutant. Depuis, j'ai eu tout le temps de réfléchir et d'essayer d'analyser la situation. Je n'y suis pas entièrement parvenue, mais ton absence me fait souffrir. Donne-moi une autre chance. Au jour et à l'heure qui te conviendront. J'espère sincèrement que tu donneras suite à cette lettre.

Excuse-moi encore d'être ce que je suis.
Bises respectueuses.

Jamila

59

Guyslain est extrêmement ému par ce courrier. Il en pleure même, toujours cette extrême sensibilité. Il se sait trop fragile, mais il aime cela. Pour lui, ses émotions sont divines. Avoir un cœur à fleur de peau est à ses yeux une qualité et non un défaut. Il doit prendre sur lui pour ne pas courir chez la jeune femme. La vie lui a appris ceci : si tu veux conquérir, il te faut être patient. Mais feindre n'est pas dans ses gènes. Il prend la décision d'aller la voir le soir même ; pour ce faire, il se fait beau et tente de préparer quelques parades aux éventuels sauts d'humeurs de la jeune femme. De sa salle de bain, il l'entend remuer sa vaisselle elle est là et s'apprête probablement à dîner.

Il est incapable d'écrire ce qu'il veut lui dire. Il préfère, sans savoir pourquoi, le dialogue franc et direct.

Un coup sur la sonnette et il attend. Il voit le judas s'assombrir, signe que Jamila l'observe. Le verrou cliquète et la porte s'ouvre. Ils se regardent sans dire un mot puis, ils se sourient presque en riant. La jeune femme ouvre le bal :

« Je t'en prie, entre...

En guise de réponse et sans encore savoir pourquoi Guyslain l'embrasse sur le front. Il enchaine.

— Jamila, j'ai lu ta lettre, on n'en parle ?

— Bien sûr, mais déjà tu es là ! répond-elle un soupçon de joie dans la voix.

— Pour être franc et pour commencer, je te dirai que je souffre de ton absence. »

En prononçant ces mots, Guyslain la dévore des yeux. Elle est craquante, toute de noir vêtue, avec un sage décolleté. Une jupe droite et nu-tête. Son carré long est impeccable. Ses mains sont très soignées mais natures et son léger maquillage, rehaussé de petites larmes fait briller son regard qu'elle veut tendre et apaisé. Son sauveur fond seconde après seconde. Il se reprend pour ne pas craquer, et, tout en se contenant, il lui expose son point de vue :

« Jamila, tu m'as parlé de toi la dernière fois et j'aimerais, avant tout autre chose, faire de même en ce qui me concerne. »

La jeune femme reste attentive et sereine, la tournure des événements la comble. Guyslain poursuit :

« J'ai eu une enfance douloureuse. J'ai encore ma mère et mon frère, mais je n'ai plus aucun contact avec eux. Je suis divorcé, j'ai été marié pendant de nombreuses années, mais ma femme était stérile et notre couple n'a pas résisté à l'absence d'enfant. »

Jamila paraît surprise et elle ne peut s'empêcher de le questionner :

« Tu as gardé des contacts avec ton ex' ?

— Oh non ! Il faut te dire qu'elle est partie avec mon frère. »

La jeune femme a une moue grimaçante. Elle se retient de dire ce qu'elle a sur le bout de la langue. Elle change de sujet :

« As-tu des amis ?

— Oui ! Mais je privilégie la qualité à la quantité. Du peu mais du bon. »

L'expression fait sourire Jamila qui continue son questionnaire :

« Et des passions en as-tu ?

— Oui ! Les animaux et en particulier les rapaces, le tennis et les voyages... mais je me dois de t'avouer quelques détails supplémentaires sur ma personnalité. »

Notre danseuse s'inquiète quelque peu de ce qui va suivre, mais Guyslain veut aller en bout de son récit :

« À quinze ans, j'ai eu un grave accident de voiture qui a provoqué en moi une profonde amnésie. Je ne me souviens quasiment pas de ce que j'ai vécu avant le choc. J'ai de nombreuses cicatrices sur tout le corps. Je suis resté incarcéré dans le véhicule pendant plusieurs heures, j'ai fini, dans le coma, aux urgences…

Il m'arrive aussi d'avoir un cauchemar récurrent et terrible. Dans ces moments-là, je me réveille en nage, parfois en hurlant et je ne parviens pratiquement pas à me rendormir. »

Guyslain cesse subitement son monologue, il est épuisé par ce petit marathon narratif. Jamila le regarde avec une intensité toute féminine mêlée à un étonnement naïf. Notre cheminot le comprend instinctivement. Avec un sourire non dissimulé la jeune femme ajoute :

« Tu me dis tout cela dans quel but ?

— J'aimerais construire quelque chose avec toi, mais, avant, je voulais que tu saches à quoi t'en tenir. »

En guise de réponse Jamila lui prend la main tout en disant :

« Trêve de bavardage, approche ! »

Ils s'enlacent, s'embrassent, et font l'amour jusqu'au lever du jour et tout cela sans un mot, d'ailleurs, c'est inutile. Toutes leurs émotions passent par leur cœur, leurs caresses et leur regard.

Guyslain est surpris par la douceur et la lascivité de la jeune femme. Il comprend aussi que le passé lesbien de Jamila y est pour beaucoup. Autant notre danseuse est soupe au lait au quotidien, autant elle est toute « Chamalow » au lit.

Ils ont parcouru jusqu'au moindre centimètre carré de leurs peaux, couvert de baisers tout ce qui pouvait l'être. Ils se sont aimés à s'en déchirer le cœur. Une nuit divine pour les deux tourtereaux.

Au matin, les deux amoureux ne sont plus vraiment les mêmes. Ils ne se sentent plus seuls. Leur vie, désormais, arbore de nouvelles couleurs.

Guyslain a peur de l'après. Il a pris l'habitude d'être délaissé. Le fameux : « On se téléphone » l'effraie. Il ne veut pas que tout s'arrête, il veut tout savoir sur son ange brun, tout jusqu'au moindre détail. Il ne craint pas de l'avoir déçue, Jamila n'a connu que quelques rapports hétéros éphémères et elle n'est vraiment pas du genre à feindre. Elle a aimé ce corps à corps autant que lui. Notre cheminot est profondément amoureux et il n'espère qu'une chose, qu'elle le soit aussi.

Ils partent travailler ensemble, main dans la main. Leur baiser d'au revoir est chaud et tendre.

« À ce soir Guyslain !

— À ce soir mon ange ! »

Cette journée est rayonnante à tous points de vue. Le soir, ils se retrouvent tout naturellement ensemble dans l'appartement de Jamila. C'est le commencement d'un rêve, le début d'une magnifique histoire.

Leurs corps-à-corps sont d'une intensité incommensurable, profondément sincères, émouvant à l'extrême. Ils se donnent l'un à l'autre totalement, sans garde-fou, mais, de toute façon, la chute n'est pas prévue au programme.

Jamila comprend mal son euphorie, elle est extrêmement surprise par la facilité de son changement d'orientation sexuelle. Guyslain doit avoir un bon côté féminin, il est aussi tendre, sensuel et doux que ses anciennes conquêtes féminines. Elle trouve aussi la journée trop longue sans lui. Elle est sincèrement très amoureuse, heureuse et, pour une fois, la première fois, bien dans sa peau. Tout est miel et ouate. Leur relation se renforce jour après jour. La vie est simple et facile. Que du bon, du très bon. À chaque instant ils se découvrent, se révèlent leurs secrets, déchiffrent leurs corps. Ils décryptent leur montée commune du plaisir jusqu'à l'extase totale. Les deux amoureux renforcent, heure après heure, la puissance de leurs sentiments, la force de leur amour.

Phase 5

Vendredi.

19h00.

Voilà trois semaines qu'ils partagent leur quotidien. Zorro les a même rejoints, Jamila adore les chats. Guyslain a gardé son appartement, ils n'ont pas encore décidé qui des deux allait migrer.

Ce soir-là, Guyslain a fait une surprise à sa moitié. Après le dîner, il veut l'emmener au théâtre. Les deux billets sont dans la poche intérieure gauche de son blouson en jean.

Jamila est fatiguée, la journée au travail a été sombre et éreintante, le tout soldé par une prise de bec avec un chorégraphe. Son humeur est chagrine. Guyslain ne l'a pas vue comme cela depuis qu'ils vivent ensemble. Il la réconforte tout en la laissant évacuer sa rage. Il pense qu'avec la surprise, leur journée finira en beauté, aussi, c'est avec un profond sourire qu'au dessert, un clafoutis maison, notre dessinateur pose les billets sur la table, devant elle. Jamila change d'expression :

« C'est quoi cela ! dit-elle sur un ton brutal et acide.

— Deux places pour les fourberies de Scapin, je sais que tu adores le théâtre classique.

— T'aurais pas pu me demander avant ? ! Le ton monte crescendo. Tu ne vois pas que je suis crevée, CREVÉE ! hurle Jamila. Tes places tu peux te les mettre où je pense ! »

Guyslain reste coi, bouche-bée. La jeune femme se lâche :

« Tu m'étouffes, tu me saoules, j'irai pas au théâtre ! Tu n'as qu'à y aller tout seul. Laisse-moi respirer !

Guyslain tente un coup de défense :

— Pourquoi hurles-tu ? Je voulais juste te faire plaisir. »

La jeune femme est hors d'elle. Cette première dispute, aussi stupide qu'inutile, frappe son compagnon au plus profond. À peine trois semaines de vie commune et voilà déjà la première déchirure. Mais, cette fois, la douleur est forte, très forte, trop forte. Guyslain, qui a l'habitude de faire face, doit s'échapper dans la cuisine. Il pleure sans pouvoir se reprendre. Sa réaction est évidemment disproportionnée mais il n'y peut rien. Il ne veut pas se disputer avec Jamila, c'est trop douloureux. Il ne lui faut aucune ombre au tableau. La jeune femme se retrouve seule dans le séjour, sa tension nerveuse est retombée, elle se calme et fait silence. C'est là, à cet instant précis, qu'elle entend les pleurs de son amoureux, de vrais soubresauts de douleur. Le cœur de Jamila se brise, elle ne veut pas cela, elle se dirige vers la cuisine… Guyslain est assis à la table, la tête dans les mains, il essaye de se contenir, mais, tout son corps est agité de tremblements. Désarmé et un peu piteux, l'ange brun, le serre dans ses bras, contre son cœur.

« Calme-toi… pardonne-moi… je t'en prie Guyslain… Guyslain… »

Il la serre très fort, il pleure encore, mais bien plus calmement. Jamila lui caresse le visage et les cheveux, elle veut qu'il lui pardonne ; bien sûr, c'est déjà fait.

Elle lui explique que ce n'est rien. Qu'avant, avec ses exs, c'était monnaie courante. Qu'elle est habituée à se battre pour ne pas se faire dévorer. En général il y avait lutte des deux côtés. Les autres, au lieu d'exposer leur souffrance, claquaient plutôt la porte. Pour Guyslain tout est différent. Cette dispute lui a rappelé le premier conflit avec Sylvie. Il avait alors amèrement constaté la chute irréversible des sentiments. Il ne veut pas revivre cela, surtout pas avec Jamila. Il sait déjà que son amour pour elle dépasse tout.

Les billets de théâtre finissent leur vie au fond de la poubelle. Il faut attendre plusieurs heures pour retrouver le calme et la sérénité. Hélas, les migraines de Guyslain reviennent au triple galop et d'une intensité inouïe. Jamais il n'a autant souffert que ce soir-là. Malgré lui, les mots prononcés par Jamila lui reviennent sans cesse en plein cœur, son crâne bouillonne. Il a saisi l'urgence de prendre des cachets, il sait que la nuit sera terrible, il triple la dose. Il a peur de s'endormir, peur des suites, peur de son cauchemar. Mais les médicaments l'emportent et, un peu malgré lui, il s'enfonce dans un profond sommeil. De toutes façons, demain c'est repos.

La nuit lui donne malheureusement raison. L'horreur du matraquage récurrent revient à la charge, mais cette fois il n'y a plus de flou, il peut même voir distinctement la pièce où cela se passe, un carrelage gris, des murs blancs. L'homme à la chevalière aussi est net, mais son visage reste dans l'ombre. Sur la bague est gravé un G. Il y a beaucoup de sang, d'abord sur les mains de l'agresseur et, sur le carrelage terme. Il voit tout cela comme s'il pouvait lire à travers le regard de l'homme à terre. Puis, juste avant le moment fatidique du coup de pied final, le tortionnaire se penche au-dessus de sa victime avant de frapper ; Guyslain voit l'homme en gros plan…

Il se redresse dans le lit en poussant un véritable hurlement. Son corps se convulse. Les spasmes de son estomac lui intiment l'ordre de courir aux toilettes. Sous le choc, Jamila s'est réveillée, elle est tout embrumée, mais, à la vue de son homme, elle s'assombrit. La peur commence à grimper le long de son échine. Guyslain est trempé de sueur, il a l'air terrifié. Il ne peut pas articuler ni dire quoi que ce soit. Il lui fait signe qu'il doit se lever le plus rapidement possible.

Il vomit tout ce qu'il peut et même ce qu'il ne peut pas. Il pleure aussi, des larmes douloureuses, comme des pics sur ses joues ; la jeune femme l'a suivi, elle sent la panique la gagner. Elle lui demande si elle doit téléphoner aux pompiers, il lui fait signe que non, que la douleur s'estompe, mais il pleure de plus belle.

Il lui faut plus d'une heure pour parvenir à un soupçon de calme. Jamila est perdue. Elle croit que tout est arrivé à cause de leur dispute de la veille.

« Je suis désolée Guyslain, désolée, il ne faut pas te mettre dans un état pareil pour ça. »

Guyslain lui fait signe d'attendre, il reprend son souffle, penché au-dessus de la cuvette des WC. Ses larmes continuent à couler sans bruit. Il tire la chasse. Il peut se lever, ses jambes le soutiennent. Il prend la main de sa compagne et l'entraîne vers la cuisine. Il boit, en enfilade, trois grands verres de jus d'orange, du frais. Il s'assied et fait signe à Jamila d'en faire autant. Ses gestes tendres indiquent à la jeune femme qu'il n'est pas fâché contre elle. Il doit se concentrer pour prendre la parole. D'une voix chevrotante et cassée, il lui dit :

« Mon amour, je n'ai jamais eu d'accident de voiture…

— Pourquoi parles-tu d'accident de voiture ?

— Mon cauchemar est revenu me hanter… je me souviens de tout. »

La jeune femme ouvre une bouche ronde de surprise.

« De tout ?

— Oui Jamila, mais il faut que je te raconte tout depuis le début. Quinze années de ma vie viennent de me revenir avec une impensable précision. Il faut que je dise à haute voix ce qui se bouscule dans ma tête, il le faut ! »

Guyslain prend une double respiration : « À ma naissance tout était prêt, prêt pour accueillir une fille : Solène. Mais la vie a joué un sale tour à mes parents puisque j'ai décidé de faire mon entrée dans ce monde. Ma mère était persuadée d'attendre une fille : la façon de porter le bébé, le régime sucré-salé. Elle avait tout fait pour... mais...

Mon père ne voulait pas d'autre enfant, ma mère l'avait persuadé de garder cette petite fille qui serait le portrait craché de son géniteur et qui l'aimerait comme il se doit. En clair, mon apparition fut un désastre. Ma génitrice ne m'a jamais pardonné d'être né avec quelque chose entre les jambes. La complicité de mes parents a pris fin ce jour-là. Ma mère, folle de lui, n'a pas supporté cette cassure. Lorsqu'elle me regardait, elle voyait le monstre qui avait brisé son idylle. Mon père n'était pas vraiment déçu, il faisait tout simplement comme si je n'existais pas. Pas d'amour, pas de coup, juste de l'indifférence, une profonde et irrémédiable indifférence.

À onze ans environ il m'a prévenu : « Ne fais jamais de vagues, que je n'entende jamais parler de toi ! »

Cette menace, non voilée, a été les derniers mots qu'il m'a adressés. Les années ont passé, sans plaisir, sans joie, sans famille. Mon frère aîné avait été désiré. C'était le héros de la famille. La star incontournable. Il était le portrait de mon paternel, blond, grand, svelte et sûr de lui. Il réussissait tout ce qu'il entreprenait et il prenait un malin plaisir à m'humilier en tout et pour tout. Mon seul réconfort ? Je ne lui ressemblais en rien ! Ma mère était châtain aux yeux clairs et mon père était la copie conforme de mon frère. Moi, brun couleur corbeau, les yeux noirs et la peau mate, j'avais vraiment la sensation de n'être le fils de personne. Mon léger strabisme divergent me désignait comme le dégénéré de la famille. Côté caractère, idem, j'aimais la nature, les animaux, les joies simples comme le sourire d'un enfant ou l'éclat d'une rose. Je n'étais ni fier ni égocentrique, encore moins arriviste. Tout m'opposait au trio familial. Enfant, je supportais tout en m'abreuvant de plaisirs simples, mais à l'adolescence, le manque d'amour a commencé à me crucifier. Les filles de ma classe étaient frivoles et, de toutes façons, elles ne faisaient aucun cas de moi. Je n'avais en fait qu'un ami, un seul ami, un vrai ami… »

Guyslain reste figé quelques secondes, il murmure :
« Mon Dieu… Rémi…

— Rémi ? interroge Jamila.

— Je l'avais oublié comme j'ai oublié les quinze premières années de ma vie. C'était comme un frère pour moi. » Guyslain continue : « En seconde, j'avais une prof' d'histoire, Mlle Vincent. C'était une belle rousse, hyper féminine et sexy. Elle avait une dent contre la gent masculine, mais moi, j'étais accro, sincèrement amoureux…

Cette prof' avait pris l'habitude d'interroger à l'oral, au hasard, un élève à chaque début de quinzaine, pendant que le reste de la classe faisait des exercices.

Le 15 mars, ce fut mon tour. Je me souviens, j'étais tout près d'elle, elle embaumait la vanille. Son décolleté était discret, mais sa robe moulante affolait mes quinze ans. Elle avait douze ans de plus que moi, mais je refusais d'y penser. Je ne pouvais m'empêcher de la dévorer des yeux. Je ne voulais pas être impoli, mais j'étais profondément subjugué. Elle a remarqué mon insistance, et, sur un ton brut, elle m'a demandé : " Pourquoi me regardez-vous comme cela ? " Ses mots durs m'ont débloqué et sans réfléchir j'ai ouvert la bouche : " Je vous dévore des yeux parce que je vous aime et je vous désire. " Jamila laisse échapper un petit cri admiratif, espérant ainsi faire retomber la tension, mais Guyslain est lancé : « Elle n'a pas répliqué, elle n'a pas crié, elle ne m'a pas giflé, elle a juste ajouté : " Aller me chercher votre cahier de correspondance ! " Je me suis exécuté sans sourciller. Elle a bruta-

69

lement ouvert le livret et tout en écrivant rageusement je l'ai entendu marmonner : " Ah ! Tu m'aimes ! Attend tu vas voir... " Après avoir refermé le carnet, elle m'a regardé droit dans les yeux, elle a mâché ses paroles : " Cette fois, je veux la signature de ton père. Je sais que c'est toujours ta mère qui signe mais cette fois tu n'y couperas pas. Et n'essaye pas d'imiter son écriture. De toutes façons, je veux le carnet signé sur mon bureau, au plus tard vendredi pour le cours de 10 à 11 h 00 ; sinon, je téléphonerai à ton père, personnellement, comme cela, il te secouera pour ce que tu as fait et pour lui avoir caché la vérité. "

Je n'ai pas vraiment réalisé ce qui venait de se passer, mais mon cœur s'est serré à m'en étouffer. Le cours terminé, j'ai rejoint Rémi. Il connaissait ma vie, il savait tout. Il m'a demandé :

" Tu as lu ce qu'elle a écrit ?

— Non, pas encore...

— Donne ton carnet ! " Nous l'avons lu ensemble :

Monsieur,
Votre fils m'a fait des propositions indécentes. Il était à deux doigts de me passer la main aux fesses. Je me demande comment il a été élevé ?
J'espère que vous lui donnerez une leçon de morale.

Mlle Vincent professeur d'histoire.

Bien sûr, elle en avait rajouté et en regardant mon ami, mon estomac s'est noué. Rémi était blanc et très inquiet : " Si tu montres ça à ton père il va te massacrer ! " La phrase prononcée par mon géniteur – quatre ans auparavant – m'est très vite revenue en mémoire : " Ne fait jamais parler de toi, sinon... ! "

70

La peur gagnait encore un peu de terrain. Rémi a ajouté :

" Que vas-tu faire ?

— Elle m'a juré de lui téléphoner personnellement vendredi soir si je ne lui rapporte pas mon carnet de correspondance d'ici-là.

— Il te faut fuir, vient chez moi, mes parents comprendront.

— Non ! Il faut que je réfléchisse. De toutes façons, il me retrouverait. "

J'ai essayé d'attendre l'instant le plus propice, mais ce n'était jamais le bon moment. J'avais un peu peur de sa réaction, mais mon père ne m'avait jamais frappé. Je pensais qu'il allait me donner une méga paire de gifles et peut-être même qu'il allait tout simplement en rire.

Le mercredi, je me suis dit qu'il fallait lui dire, de plus, cette femme que j'aimais, voulait que je sois corrigé. Peut-être que, lorsqu'elle verrait les marques sur mes joues, elle regretterait un tant soit peu… » À cet instant, Guyslain pleure à nouveau, sans bruit, sans suffocation, il poursuit : « Vers 18 h, je suis allé voir mon père dans la cuisine. Il était seul. J'ai pris mon courage à deux mains : " Papa, je dois te faire signer mon carnet… " Mon paternel était surpris, il m'avait explicitement interdit de lui adresser la parole depuis que – à ses yeux – j'étais devenu un homme, le jour de mes onze ans. Sans répondre, il m'a arraché le livret des mains. Il a lu lentement le contenu, mais, aux premiers mots, il a changé d'expression. Il a affiché une colère non contenue, puis, à mesure qu'il avançait, la colère s'est transformée en rage, puis en haine. »

Guyslain refait une pause, sa souffrance est palpable. Il enchaîne : « Je m'attendais à un sévère aller-retour qui m'aurait laissé les joues rouges pendant quelques jours, mais, sans un mot et sans que je comprenne comment, il m'a frappé au visage… un coup d'une violence terrible. Je crois qu'il m'a cassé le nez. Sous le choc, je suis tombé à terre, j'étais sonné... ensuite, il m'a asséné un grand coup de pied dans l'abdomen... j'avais le souffle coupé. La douleur m'a obligé à me recroqueviller en chien de fusil. Tout est devenu trouble... il m'a insulté en frappant : " Espèce de petit con ! Charogne ! Crève ! " Depuis le sol, je voyais le carrelage gris devenir rouge, il y avait du sang jusque sur les murs blancs... il a ôté son ceinturon et il a continué à cogner... cinq minutes de bastonnade... très vite, je n'ai plus senti mon corps... je n'étais que douleurs... j'étais persuadé qu'il allait me tuer... j'essayais de penser à quelque chose de beau... je voulais avoir une dernière image positive avant de... » Guyslain s'interrompt quelques instants, c'est trop dur... il trouve la force de continuer : « Un voisin, dérangé par le bruit, a téléphoné à la police. Lorsqu'ils sont arrivés et qu'ils m'ont vu dans cet état, l'un d'entre eux s'est jeté sur mon père, les autres étaient atterrés par le spectacle. Je baignais dans une mare de sang... ma tête avait doublé de volume... j'avais le bras gauche et la jambe gauche cassés... cinq côtes fêlées... un tympan crevé... j'avais perdu connaissance. Même le médecin pompier se demandait comment et pourquoi, mais... j'étais encore vivant. Le pire dans tout cela, c'est que je suis resté conscient pratiquement jusqu'au bout...

Avant de tomber dans le coma, je me rappelle qu'il s'est penché sur moi, c'est là que j'ai vu sa chevalière avec le G ensanglanté, il m'a murmuré une dernière fois : " Crève... " Et, il m'a donné un très violent coup de pied derrière la tête. Après... le trou noir... »

Jamila était comme pétrifiée. Abasourdie par ce récit, sans voix. Guyslain a repris son souffle :

« Je suis resté trois semaines sans connaissance. Vingt et un jours sur le fil du rasoir, entre la vie et la mort.

Lorsque je suis revenu à moi, mon corps avait retrouvé une forme normale. Mon bras et ma jambe étaient plâtrés, mes côtes et mon tympan me faisaient encore beaucoup souffrir. À ce moment-là, je me souvenais de tout, de Rémi, de Mlle Vincent et de ma quasi-exécution.

D'ailleurs, c'est Rémi qui m'a tout raconté. Il avait été alerté par la sirène des pompiers. Il m'a dit que lorsqu'il les avait entendus, il a tout de suite su que c'était pour moi. En me voyant dans cet état, il a hurlé, il a cru que j'étais mort ; ensuite il a vu la police embarquer mon père.

Il m'a aussi raconté ce qui s'était passé en cours d'histoire le vendredi. Mlle Vincent ne me voyant pas à ma place habituelle a souri, puis elle a marmonné : " Cela m'aurait étonnée ! " Elle était persuadée que je m'étais défilé. Elle n'allait pas téléphoné chez moi, elle avait probablement oublié ce détail. Elle exultait pendant son cours. L'heure passée, Rémi a attendu que les autres élèves soient sortis et il est allé la voir :

" Madame !

— Qu'y a-t-il Rémi ? Tu veux me parler de Guyslain ? Il a fugué n'est-ce pas ?

— Non, mais je sais où il se trouve !

— Tiens donc !

En la regardant fixement il lui a dit :

— Il ne s'est pas défilé comme vous le pensez." Son sourire s'est un peu émoussé. "Il est à l'hôpital Bichat, en réa... Son père a adoré votre petit mot..."

Sans attendre de réponse, il l'a laissée à sa méditation, mais, curieusement, elle ne souriait plus.

Rémi venait très régulièrement me voir à l'hôpital et mon état s'améliorait. Un après-midi, j'ai eu une visite inattendue, ma professeure d'histoire est venue. Elle avait un peu l'air ridicule avec sa boîte de chocolats entourée d'un gros ruban vert, mais j'avoue que j'étais surpris et heureux de la voir ici. Mes sentiments à son égard n'avaient pas changé. Elle m'a avoué qu'elle m'avait rendu visite chaque samedi depuis mon coma et qu'elle téléphonait tous les jours pour prendre de mes nouvelles. C'est de cette façon qu'elle avait appris que j'étais sorti de ma léthargie. »

Guyslain se met à sourire de toutes ses dents. Au fur et à mesure qu'il parle, tous les plus infimes détails lui reviennent en mémoire : « Le jour de cette visite, Mlle Vincent s'est approchée de mon lit de peine, sur ses joues tendres et blanches, des larmes creusaient des sillons translucides. Mon état physique ne me permettait pratiquement aucune liberté de mouvement. À quelques centimètres de mon oreille gauche, elle a murmuré, des sanglots dans la voix : " Je suis désolée, pardonne-moi..." En guise de réponse, je lui ai souri et j'ai juste ajouté : " Vous savez pour ce que je vous ai dit, j'étais sincère et je le suis toujours." Elle a pleuré un peu plus, elle est allée fermer la porte de ma chambre, après un rapide coup d'œil dans le couloir. Elle s'est approchée à nouveau de moi ; elle m'a caressé le front et a approché ses lèvres de ma joue. J'étais sans voix. Sans que je réalise comment, elle a légèrement tourné son visage, elle a ouvert la bouche et m'a donné un baiser, un vrai, avec la langue, un baiser tendre, langoureux presque fougueux. J'étais aux anges, ébaubi, vidé mais si bien ; sur un véritable nuage douillet. Après ce divin et trop court instant, elle m'a fait jurer de n'en parler à personne. J'ai prêté serment mais c'était inutile. C'était si fort et si bon, je n'avais nullement l'intention d'en parler à qui que ce soit, même Rémi n'a jamais été dans la confidence. Je suis sorti de l'hôpital le 20 mai. Mon corps avait repris sa forme initiale, seule ma jambe gauche n'était pas remise. Je n'avais plus de plâtre mais une paire de béquilles. J'ai repris les cours environ quinze jours avant la fin des classes. Tout se passait normalement. Mon père était en détention. À la maison, j'étais plus transparent que jamais, on ne me pardonnait pas. À leurs yeux, j'étais responsable de la situation et pour couronner le tout, financièrement cela devenait très difficile.

Mon géniteur n'avait pris que trois mois fermes.

Au lycée, tous mes camarades de classe savaient. Rémi en voulait à Melle Vincent, il voulait la briser. Il avait quelque peu déformé la vérité, mais il voulait qu'elle paie son inconscience. En fait, tout le lycée savait. J'étais en désaccord avec lui, mais je dois avouer que j'avais une paix royale et même une marque de respect de la part de certains. Puis, le 11 juin, jour de mes seize ans, je me souviens désormais très bien du cours de 10 h 00, le fameux cours d'histoire. Je me suis soudain senti mal, j'ai levé la main, tout en me levant, pour demander à Mlle Vincent la permission de sortir et puis... et puis plus rien... le trou noir... tout me paraît clair aujourd'hui, je suis retombé dans le coma, mais, cette fois, c'était du sérieux. Lorsque j'ai repris conscience, nous étions le 20 août et je ne me souvenais plus de rien... ma mère m'a fait avaler la thèse de l'accident de voiture, mon père était sorti de prison pendant que j'étais inconscient. Nous avions déménagé pour faire taire les ragots. Nouvel appart, nouveau lycée et, plus aucun souvenir. Comment aurais-je pu me rappeler de quoi que ce soit ? »

Guyslain sourit, mais ses yeux sont tristes et fatigués. Son cauchemar a pris vie. Il ne se posera plus jamais les questions du pourquoi et du comment.

Jamila est sans voix. Atterrée par cet effroyable récit, que dire ? D'ailleurs qu'aurait-elle pu dire ?

Petit à petit, tous les détails enfouis dans le creux de la mémoire de Guyslain, surtout les mauvais, reviennent en force. Il prend conscience progressivement de la haine des siens. Heureusement, derrière cette terrible bastonnade, qui lui faisait déjà si peur en cauchemar et dont il peut – à présent – ressentir la douleur et la violence, il se remémore le bon, le sucré et brûlant baiser de sa chère professeur d'histoire.

Savoir que la victime c'est lui et que l'agresseur est son propre père... cela lui brise le cœur en menus morceaux. Comment peut-on faire cela à un enfant ou à un ado ?

Son plus grand désir : ne plus jamais refaire cet affreux et récurrent cauchemar, mais, il est persuadé que son subconscient s'est déverrouillé et que, comme il a trouvé un juste équilibre avec Jamila, son cerveau l'a jugé prêt à affronter la terrible vérité. Il a déjà entendu parler de ces personnes qui rejettent inconsciemment des faits insupportables pour réussir à surmonter l'horreur et continuer à avancer dans la vie. Et puis, un jour, sans crier gare, tout revient au galop, avec souvent une infinie précision. Le tout, c'est de ne pas flancher, de résister, de vivre avec ce fardeau, ce très lourd et trop lourd fardeau.

Le cauchemar est devenu réalité, sa réalité. S'il veut y repenser, il lui suffit de puiser dans ses souvenirs. C'est terrible mais simple.

Face à cette avalanche de cruelles vérités, la jeune femme n'a qu'une réaction, la bonne réaction, elle submerge Guyslain de tendresse, de chaleur et d'amour. Elle le cajole, le serre très fort sur son cœur pour bien lui faire comprendre à quel point elle l'aime. Elle lui susurre des mots forts et brûlants : « Si les tiens espéraient ta mort, moi, je ne saurais vivre sans toi. Je t'aime plus que tout. Je serai toujours près de toi, je veillerai sur toi. » En prononçant ces mots elle pleure doucement. Elle est véritablement déchirée, elle souffre, comme si elle avait, elle-même, vécu cette tragédie. Elle se souvient des disputes avec son père, de la douloureuse séparation à Marrakech, avant son départ – qu'elle savait définitif – pour la France. Son orientation sexuelle et son désir incontournable de devenir danseuse avaient mis à mort ses relations familiales. Elle avait tant souffert, mais c'était son choix, sa vie.

Elle comprend Guyslain, mais surtout, elle l'aime, elle l'aime comme elle n'a jamais aimé auparavant.

Ce matin-là, ils restent couchés, enlacés. Ils font l'amour jusqu'à l'épuisement, jusqu'à ce que leur cerveau ne puisse plus réagir, jusqu'au sommeil réparateur.

Dès ce jour, leur relation prend une tournure différente. Jamila se contrôle beaucoup plus, même lorsqu'elle sent la colère monter suite à une mauvaise réaction de son homme. Elle contrôle sa rage, elle stoppe net son envie de hurler, de se lâcher. Elle ne veut pas le blesser ni lui faire de la peine. Guyslain, quant à lui, accepte plus volontiers les accrochages, voire les disputes. Il sait que c'est normal, que l'on peut s'entrechoquer sans se déchirer, que l'on ne peut pas toujours être d'accord sur tout, que toutes ces petites tracasseries n'ont rien à voir avec l'amour, le vrai, le grand amour.

Comme il l'avait prévu son affreux cauchemar ne refait plus surface. Mais, si tout va pour le mieux lorsqu'il est chez lui, qui plus est, avec sa compagne, au travail les choses ont changé. Des migraines commencent à faire leur apparition. Elles gênent sa concentration et l'empêchent parfois de continuer ses dessins. Le temps d'une pause, d'un café et d'un cachet et hop ! C'était reparti pour un tour.

Il y a encore peu de temps ces affreux maux de tête ne le prenaient que certains soirs et même assez rarement. Il note, depuis ses douleurs diurnes, une montée en puissance de la fréquence et de l'intensité des crises.

En janvier il a sa visite de sécurité de prévue. Il va en profiter pour en parler à son médecin d'entreprise.

Phase 6

13 Janvier 2004.

Cabinet médical rue de Bercy.

Le docteur Belpomme a prescrit un vrai traitement et non pas des simples Doliprane comme il avait l'habitude de prendre. Elle lui a donné trois semaines de médicaments en lui précisant que s'il ne constate aucune amélioration, il doit revenir la voir.

Notre cheminot ne va pratiquement jamais chez les toubibs, mais il met un point d'honneur à respecter scrupuleusement la posologie prescrite.

À la maison, tout se passe très bien. Les disputes sont quasi inexistantes. Jamila et Guyslain fusionnent. Compte tenu de leur âge et de la tournure que prend leur histoire, ils décident de procréer, et ce, malgré leur peu de temps de vie commune. Ils se sentent prêts à affronter l'immense épreuve d'être parents.

Chaque retard menstruel est interprété comme une nouvelle chance, mais…

Tous les voisins adorent ce couple heureux, frais et poli. Leur jovialité est vraiment très communicative. Même Mlle de Labussière, la contrebassiste du second – d'habitude si taciturne – esquisse un sourire au hasard des rencontres « poubelistiques ».

Seule petite ombre au tableau, et malgré un léger mieux au début du traitement, les migraines de Guyslain sont toujours aussi présentes et encore plus vives qu'en janvier. Ses dessins au bureau d'études sont toujours irréprochables, mais il lui faut, désormais, le double de temps pour les réaliser.

Tout cela l'épuise et il lui est presque impossible de récupérer. À la maison, il est souvent amorphe, sans réaction. Il n'aime pas se sentir mou, inerte, ailleurs. Il ne veut surtout pas que son état physique déteigne sur son humeur et que Jamila en fasse les frais. Aussi, sans attendre les trois semaines, il décide de retourner voir sa toubib rue de Bercy.

1er février.

Cabinet médical du Dr Anne Belpomme.

« Avez-vous bien suivi le traitement à la lettre ?

— Oui, docteur, mais je crois que c'est de pire en pire. Les migraines gagnent en fréquence et, plus inquiétant, en puissance.

— Bien, je vous prends rendez-vous à l'hôpital pour passer quelques examens supplémentaires.

— C'est-à-dire ?

— Je demande un EEG[1], un scanner et une IRM de la tête. Dès que j'aurai les résultats, je vous recontacterai. »

Ghyslain comprend rapidement que le médecin va chercher une tumeur ou un cancer. Un électroencéphalogramme, un scanner plus une IRM c'est vraiment du sérieux. Mais il est confiant, il n'y a aucun antécédent familial.

En attendant le 12 février, le jour de la batterie d'examens, il constate non pas une amélioration – moins de crises –, mais une certaine stagnation de son état, peut-être due à l'accoutumance.

12 février.

Hôpital Bichat.

Service de neurologie.

---

[1] ÉlectroEncéphaloGramme.

L'EEG lui fait penser à un vieux film des années 50 ; la pièce froide avec un fauteuil, en plein centre, ressemblant étrangement à la chaise électrique. La petite musique douce pour calmer le patient et, après l'application d'une sorte de gel sur ses cheveux noirs, toujours noirs malgré la quarantaine approchante, la pose d'électrodes, un vrai casque d'extraterrestre.

Yeux ouverts, yeux fermés, pause, reprise, etc.

Sans précision, aucune, une fois l'épreuve de l'électroencéphalogramme terminée, direction le scanner. Cette fois, rien d'impressionnant, et, toujours sans un mot, sans le moindre signe, direction l'IRM.

Quelques questions : « Vous avez déjà passé cet examen ? Un pacemaker ? Pas de piercing ? »

On l'allonge, on le sangle gentiment, on lui bloque la tête, on lui montre la poire sur laquelle il doit appuyer au cas où ? « Faut pas bouger ! Écouter et exécuter correctement les manips'. »

« *Faut pas être clostro'* » pense Guyslain.

C'est long, oppressant et le tout accompagné d'un boum-boum constant. Après d'interminables minutes, on l'extirpe du tube, on l'aide à se relever. Cet examen étourdit un peu.

Le toubib vient lui dire que les résultats seront envoyés à son médecin traitant.

Notre cheminot a bien essayé de déceler un verdict dans l'expression du neurologue mais, niet, rien. Ce n'est pas bon signe, s'il n'avait rien, il lui aurait sûrement dit…

Guyslain n'en a pas parlé à son amour de femme. Elle sait le minimum, il ne veut pas l'inquiéter.

Quelques jours plus tard, monsieur Petit, son chef, le convoque dans son bureau pour son EIF[1] annuel. Il a remarqué l'air fatigué et le visage marqué de son agent. Il

---

[1] Entretien Individuel de Formation.

est surpris de constater que Guyslain est sans réaction, lui, qui d'ordinaire n'hésite pas à se moquer de cet entretien, prétextant qu'il ne sert à rien et que rien ne l'intéresse plus que ses dessins, ses Rotrings et ses planches. Grimper dans la hiérarchie signifie pour lui plus de trait noir sur le papier blanc, et cela, il ne veut pas en entendre parler. Il a tout de même atteint le plus haut grade de maîtrise.

Ce jour-là, il est comme absent, il donne l'impression d'être perdu, sans jus.

À la maison, il prend sur lui pour paraître en forme et tonique. Mais tromper une femme n'est pas chose aisée.

Jamila n'insiste pas pour savoir, elle pense que leur grande activité sexuelle est la cause de sa léthargie. « *On veut tous deux un enfant, mais pas au prix de l'épuisement* » pense-t-elle.

Elle décide de lever un peu le pied sur ce plan-là.

Le 28 février à son travail – vers 14 heures – le portable de Guyslain sonne : numéro inconnu !

« Allo ! ose-t-il sur un ton neutre.

— Bonjour, monsieur Gildas ?

— Oui, c'est bien moi !

— Docteur Anne Belpomme.

— Bonjour docteur ! dit-il poliment.

— J'aimerais vous voir demain si possible ?

— Bien, je vais m'arranger avec mon supérieur.

— Venez pour 9h, mais… si c'est possible, posez votre journée.

— Bien, à demain docteur. »

Aucune explication, aucune émotion. Pourquoi ? « *On verra bien demain* » pense Guyslain.

La nuit est mouvementée, agitée, mais notre dessinateur ne se formalise pas pour lui-même, il s'inquiète pour

Jamila, pour son avenir… mais à quoi bon se tracasser sans savoir ?

1er mars. Cabinet médical rue de Bercy.
8 h 45.

Le docteur Belpomme fait entrer Guyslain et l'invite, de suite, à s'asseoir.

« Comment vous sentez-vous ? demande Anne à son patient.

— Assez bien.

— Vos maux de tête…

— Pas d'amélioration notable. »

Après un lourd mais court silence, la doctoresse ajoute :

« Êtes-vous fort moralement parlant ? »

La question est un peu maladroite, mais notre homme s'attend à tout. Il répond :

« Je crois que oui… »

Devant l'hésitation du toubib Guyslain enchaîne :

« C'est à propos des résultats ?

— Oui. Ils ne sont pas très bons, mais il vous faut voir le professeur Tailleb, l'oncologue de l'hôpital Bichat… pour le moment, je peux vous dire qu'il a détecté une tumeur assez importante au niveau du cervelet. »

Guyslain s'attendait à quelque chose comme cela.

« Le professeur aimerait vous voir cet après-midi. Vous comprenez pourquoi je vous ai demandé de poser votre journée.

— Pas de problème. répond-il sur un ton étonnamment calme.

— Je suis désolé… chuchote la femme en blanc. Vraiment désolé… »

Et, elle l'était vraiment, désolée.

82

Ne pas réfléchir, s'oxygéner, marcher, regarder le ciel, les oiseaux, la Seine. Il faut surtout dédramatiser le rendez-vous de 14h, respirer, vivre.

Hôpital Bichat.
13 h 50.
Service de neurologie.
Le professeur Tailleb est en pause.
Il arrive par le couloir central. Le visage fermé, la mine presque sévère, plutôt accablé, il demande à son patient de s'asseoir confortablement.
Le toubib entame le dialogue :
« Mme Belpomme m'a informé sur votre état d'esprit. Vous appréciez apparemment la franchise.
— Oui ! réplique Guyslain, appuyez d'un léger sourire tendu.
— Voilà, la tumeur est assez importante, de plus, on dirait qu'elle évolue. Je vais vous prescrire un traitement assez lourd et il vous faudra repasser une IRM dans un mois. »
Ce jour-là Guyslain fait au mieux le vide dans son esprit. Il s'interdit de penser, il s'évertue à garder la face en rentrant chez lui.

30 mars.
En un mois son état général s'est stabilisé, mais ses migraines sont encore plus fréquentes. La seconde imagerie doit sceller son sort.
Il ne faut malheureusement que peu de temps au praticien pour constater que la tumeur a encore évolué, ce qui explique ses douleurs.
Juste après l'examen, le professeur fait entrer Guyslain dans son bureau.
« Les nouvelles sont mauvaises…, marmonne le toubib.
— Je m'en doutai un peu, murmure Guyslain.

83

« — Je ne vous cacherai pas que l'ampleur de la boule m'inquiète fortement. » Guyslain reste de marbre. « En fait, tout s'accélère, mais, quelque chose m'intrigue ! » sans attendre de réponse le professeur continue : « Votre tumeur évolue rapidement, mais elle paraît être ancienne... dans votre passé, n'y aurait-il pas eu un traumatisme... un choc violent à la tête... un accident, quelque chose qui vous aurait frappé l'arrière du crâne ? ... »

Guyslain, qui était résolument calme jusque-là, se met soudainement à trembler et à pleurer. Il demande au toubib, dans un bégayement, où se trouvent les toilettes ?

Il court jusqu'au WC, sous l'œil médusé de l'homme en blanc. Notre dessinateur vient de comprendre. Il se met à vomir trippes et boyaux.

Vingt-cinq ans après, son père a rempli son contrat. Cette tumeur ? Il lui doit ! Le fameux coup de pied final ! Voilà pourquoi le coma, voilà pourquoi les migraines et aujourd'hui... mais dans un élan de rage, il veut lui donner tort, il veut lutter, il réfute cette mort par procuration. Il va se battre !

Il ne veut rien dire à Jamila pour le moment. Il le fera, mais plus tard, lorsqu'il en saura plus.

Il a consulté d'autres professeurs, en dehors du travail, plusieurs avis valent mieux qu'un ! Malheureusement ils sont unanimes et son cancer est très avancé. Le pire dans tout cela c'est que la tumeur est très mal placée, donc inopérable. Il n'y a que peu d'espoir, mais, comme on dit, tant qu'il y a de la vie...

Le 15 avril est un jour particulier, très particulier. Jamila attend son chéri, elle rayonne. Le dîner qui trône sur la table laisse présager un repas festif. Pourquoi ? Guyslain ne va pas tarder à l'apprendre.

Il est rentré un peu plus tard ce jour-là, un énième rendez-vous, pour un énième diagnostic, toujours le même, hélas… le même.

Le dessinateur ferroviaire cache bien son mal-être et l'amour de sa vie se laisse prendre au jeu. Après les embrassades et les câlins habituels – qui parfois durent fort longtemps et finissent à l'occasion dans la position du tireur couché – les deux amoureux prennent place à la table des festivités. La jeune femme rayonne plus qu'à l'accoutumée. Au centre, devant le poivre et le sel, siége un petit paquet long enrubanné de rose.

Guyslain sourit, il a l'habitude des petits délires de sa compagne, il l'aime aussi pour cela. Jamila ouvre le bal : « Tu ne l'ouvriras qu'après le repas », dit-elle, d'un ton suffisamment ferme pour ne pas être contrariée. Notre cheminot secoue le paquet, il est très léger, puis une fois le repas englouti, il l'ouvre avec une extrême délicatesse sans comprendre les raisons de ce cadeau et sans comprendre l'hilarité de sa compagne. Jamila est proche de lui, elle jubile. L'objet une fois dans sa main, il se met à sourire, puis à rire, tout en pleurant. Il balbutie, la voix cassée par l'émotion : « C'est un test de grossesse… positif ?

— Oui, mon amour ! explose sa moitié. »

Guyslain pense : « *Que la vie est cruelle et surprenante.* » Lui qui espérait tant être père, voilà qu'il ne verra peut-être pas grandir cet enfant… mais il ne veut, ni ne peut tout gâcher. Il parlera à la femme de sa vie de son problème de santé, mais pas ce soir, pas après cela. Place à l'euphorie ! Il cajole son amour, lui caresse le ventre, glisse son oreille sur le nombril, comme s'il pouvait entendre quelque chose !

La jeune femme veut que la terre entière le sache. Pour commencer, elle explique à sa moitié qu'elle veut organiser le repas d'immeuble – une tradition ici. Tous les ans, on se réunit dans la cour, on mange, on boit, on parle, on rit, chacun y participe, c'est divin ! Personne, même les plus mal embouchés, ne rateraient cela pour rien au monde. Ça va être la fête !!

Tout est prévu pour le 30 avril. Ils seront tous présents : Mlle de Labussière, les Ratchewski, Hélène la vieille dame digne, les Pong et même les commerçants du premier, invisibles le reste de l'année.

30 avril.
12h30.
Ce jour-là, chacun y va de son couplet sur le bonheur qui accompagne une naissance. Puis, on se raconte l'année écoulée, les petits bonheurs et les quelques malheurs inévitables et inévités. Les Pong n'en finissent pas de fêter la réussite de leurs filles. Mlle de Labussière décrit – avec passion – son dernier concerto pour cordes à l'Opéra de Vienne. Les Ratchewski sont intarissables sur la Pologne et ses beautés. La vieille dame digne écoute et se réjouit. Elle n'a plus personne, pas d'enfant ni de nièce ou de neveu. Son frère est mort il y aura bientôt trois ans ; sa vie est un peu vide, alors, elle se nourrit de celle des autres. Jamila et Guyslain n'ont rien à ajouter, ils ont annoncé l'heureux événement à venir et cela leur suffit.

Il a fait très beau ce jour-là, vraiment pas un temps de saison.

Vers le 10 mai, une fois le calme revenu, le cheminot choisit son jour. Un soir paisible pour prévenir l'amour de sa vie. Les mots sont durs et frappent le cœur, même bien tournés, même en minimisant, ils vont la faire souffrir.

Il faut qu'elle sache pour la décision à prendre. Il a voulu attendre pour ne pas risquer de provoquer une fausse couche à cause du stress, mais il ne peut pas dépasser la date limite d'un éventuel avortement. Bien sûr il veut cet enfant, mais il se doit de penser avant tout à Jamila et à l'avenir du bébé. Il ne sait pas comment s'y prendre, mais il n'y a pas de bonne façon.

Il fait asseoir sa compagne sur le canapé moelleux puis, il se lance.

« Mon amour, je dois te parler de quelque chose… » L'air sérieux de Guyslain – lui qui ne l'est jamais – effraie un peu la jeune femme. « Voilà, j'ai consulté plusieurs médecins pour mes migraines et j'ai fait de nombreux examens. » Jamila change d'expression, elle se contracte. « J'ai une tumeur maligne au cervelet… » La jeune femme croit que son cœur va lâcher. « Une opération n'est pas possible et mon cancer est très avancé… »

Jamila se redresse d'un bond et se jette dans les bras de son homme. Elle pleure de tout son cœur et ses jambes se dérobent sous elle, elle ne cesse d'implorer : « Non… non… mon Dieu non… » Guyslain l'allonge sur le canapé avec une infinie douceur. Il l'embrasse et attend qu'elle se calme un peu.

« Je savais qu'il se passait quelque chose. Je t'ai vu souffrir quelquefois, mais j'espérais qu'il ne s'agissait que de migraines passagères…, murmure Jamila. »

Après un pesant silence, il lui dit :

« Je veux cet enfant autant que toi, mais il fallait que tu saches que je ne le verrai peut-être pas grandir. »

Elle pleure de plus belle, mais elle trouve la force de répondre :

« Quoi qu'il arrive l'enfant naîtra ! »

Les deux amants sont émus à l'extrême. Ils n'ont plus de voix.

Elle n'ose demander combien de temps il peut espérer vivre encore, mais lui, le sait. Le professeur Tailleb lui a dit que s'il finissait l'année, il y avait de fortes chances pour que son espérance de vie se voit augmentée. Nous sommes en mai, le bébé sera pour janvier, alors il faut tenir.

Il lui susurre la voix cassée : « Je peux espérer quelques années... » Toute réponse est inutile. Ils se cajolent tout habillé jusque tard dans la nuit.

Leur abattement est profond, mais il était prévisible, d'ailleurs Guyslain l'avait prévu. Au matin lorsque la jeune femme est calmée, il lui explique comment tout a commencé : la bastonnade, le coup de pied derrière la tête. Elle comprend, comme lui, qu'après vingt-cinq années, le tir a fait mouche.

Jamila maudit une fois de plus ce tortionnaire, ce semblant d'homme qui va peut-être la laisser sans son amant et qui va peut-être la priver d'un avenir radieux, d'un mari, d'un père pour son enfant.

Cette nuit-là, ils sont soudés l'un à l'autre pour toujours...

Guyslain épouse Jamila le 20 mai, entre deux témoins, à la mairie du XIe. Ils sont unis par une ancienne connaissance de notre cheminot, une belle coïncidence, une excellente surprise : Mme Soizik Moreau, l'adjointe au maire, une professeure de français retraitée, une enseignante de son premier collège. La fête est encore plus belle, mais pas autant que la mariée, qui est radieuse dans son tailleur blanc. La petite bosse de son ventre est à peine visible.

Guyslain, bien que fatigué, rayonne aussi. Son Spencer gris met en valeur la noirceur de sa chevelure et de son regard si pénétrant.

Pas d'église, lui est athée et Jamila, bien que non pratiquante, garde ses croyances musulmanes. Aucune famille présente, d'ailleurs, laquelle serait venue ?

Tout le contenu du 36, boulevard Beaumarchais, escalier C, est présent, quelques collègues de Jamila ainsi que l'irremplaçable monsieur Lecœur .

Un restaurant est réservé pour la circonstance, un établissement petit, mais chaleureux et calme. La contrebassiste s'est désignée pour la musique. Les Pong ont apporté les immanquables chips chinoises et les Ratchewski la meilleure vodka que cette terre nous donne, une spéciale, de leur province à eux.

Soizik aussi se trouve invitée, au pied levé, elle accepte de très bonne grâce.

Pendant une pause forcée – fatigue aidant – notre dessinateur prend madame Moreau à part. Le moment est mal choisi, mais le temps presse :

« Soizik, je suis désolé de te poser cette question, mais il faut que je sache ». Il attend que l'adjointe au maire soit bien assise avant d'entamer le dialogue. « Comment peut-on reconnaître un enfant si on est plus présent ?

— Pas présent ?

— Je peux vous parler très directement ?

— Oui, Guyslain. »

À son air grave, madame Moreau comprend qu'il est on ne peut plus sérieux.

« Voilà, j'ai une tumeur maligne au cerveau et il est fort possible que je ne voie pas naître mon enfant. »

Mme Moreau est comme brisée. Dans la même journée, elle a retrouvé un ancien élève, elle l'a marié et voilà qu'il lui avoue qu'il va peut-être mourir, c'est un peu trop pour une seule personne et pour une seule après-midi. Mais c'est une femme forte avec un caractère bien trempé. Elle se ressaisit, elle a jaugé toute l'importance de la question de son interlocuteur. Elle lui explique gentiment la marche à suivre en le rassurant. La reconnaissance est possible dans ce cas aussi. Madame l'adjointe au maire est malgré tout bouleversée par cette douloureuse nouvelle.

Le mariage est vraiment réussi. Un vrai cadeau des dieux. Le repas est excellent, aucun mot plus haut que l'autre. Pas de fausse note et, au centre de ce tableau, immortalisé par une douzaine de photos, un vrai couple aimant et aimé.

À la fin mai tout est en l'état. Guyslain lutte de toutes ses forces contre la maladie.

Au matin du 30, après un réveil difficile, il se lève ; Jamila n'est pas là, elle est sur une petite tournée avec la troupe de Starmania. Elle est – pour un temps – la danseuse « loubarde » pour Johnny Rockfort ; sa dernière sortie avant son congé maternité.

Première étape : le rasage, mais, oh surprise ! Guyslain découvre une traînée rouge qui part du nez et qui descend jusqu'au menton. Sa bouche se tord sous le goût de fer, il y a du sang aussi autour de sa lèvre inférieure, du sang séché. Il se lave le visage, son mal de tête est terrible. Il a envie de cracher, lui qui ne crache jamais. Encore du sang ! Après s'être rasé et douché, il retourne dans la chambre pour faire son lit. Stupeur, du sang ? Il y en a un peu partout, sur les draps, sur les oreillers et même sur la couverture.

« Cette fois c'est mal parti ! » dit-il à haute voix. C'est un signe, le cancérologue l'a prévenu. Il y aura des symptômes, de la fatigue, des crises de saignements. Lorsque cela arrivera, il faudra envisager l'hospitalisation, la suite, il s'en doute…

La semaine suivante, Jamila est de retour. Zorro qui partage leur quotidien semble inquiet, prostré.

Pendant huit jours rien, ni crise, ni saignement. Peut-être que…

Guyslain n'a rien dit à sa femme, il a jugé inutile de l'effrayer. En son absence, il a tout passé à la machine : serviette, draps, taies et la couverture chez le teinturier.

Pour l'enfant à venir le nécessaire est fait, avec l'accord de sa femme, le petit portera les deux noms pour ne pas être prisonnier d'un passé qu'il n'aura pas connu, mais, pour qu'il sache aussi que son père lui a transmis un petit peu plus qu'un patrimoine génétique.

Phase 7

Paris le 08 juin.
18 h 00.
Notre danseuse est dans sa cuisine. Elle prépare, pour son chéri, un tajine d'agneau dont elle a le secret, même son homme ne connaît pas la recette exacte. Jamila a cessé le travail depuis huit jours. Elle aurait pu continuer un peu mais il ne faut pas qu'elle fasse trop d'efforts violents vu son état. La danse, ce n'est pas vraiment l'idéal pour une grossesse. La jeune femme veut aussi profiter pleinement de son amour de mari.

Guyslain s'est, d'ailleurs, empressé de quitter ses collègues de travail en ce vendredi après-midi. Ils planchent tous sur le TGV Est qui arrive à grands pas. Il a fait son incontournable saut hebdomadaire chez le fleuriste. Il ne manque jamais une semaine, mais il déteste la routine. Il change à chaque fois, de jour, de fleurs et de quantité. Depuis que sa femme – qui ne l'était pas encore à ce moment-là – lui a jeté un bouquet à la figure, il s'est réconcilié avec les fleurs. En fait, Jamila adore ça et les petits gestes, comme les petits mots sur le frigo, lui procurent toujours une émotion profonde mêlée à un brin de surprise. Elle sait que rien n'est dû dans la vie et elle refuse – tout comme son homme – de confondre rituels et tendresse. Ils s'aiment tous deux pour cela, leur affection et leur amour passent par ces petits mots et ces petites attentions simples, qu'ils savent indispensables à l'équilibre d'un couple. Se donner, se surprendre et ne jamais repousser l'autre, même si le moment d'effusion est mal choisi.

Telle est leur devise et l'essence même de leur existence.

Guyslain monte les escaliers comme à son habitude quatre à quatre.

Jamila écoute un CD de Polnareff, elle adore sa voix qui sait monter encore mieux qu'elle ne descend. Elle fredonne la chanson « Marilou » les mains dans la semoule.

Puis, au milieu de la chanson, elle entend un bruit sourd... elle regarde machinalement l'horloge de la cuisine : 17h45... elle jette un coup d'œil rapide dans l'appartement : RAS ! Sans savoir pourquoi ce bruit lui fait une peur terrible... cela vient peut-être du couloir ? La jeune femme sent monter la panique... quelque chose est tombé, mais où et quoi ? Elle se précipite sur la porte qu'elle ouvre avec une force démesurée...

Guyslain est à terre, sur le palier, le corps agité de soubresauts. Son buste et sa tête gisent dans une flaque de sang, ses yeux sont grands ouverts, mais il ne peut plus parler. C'est terrible !

J'entends encore les supplices de Jamila, elle s'est couchée sur le cœur de son homme qui bat encore, il respire, mais il semble avoir perdu connaissance. En hurlant et en implorant, elle pose la tête de son amour sur ses genoux, elle l'embrasse, se couvrant – à son tour – du sang de son mari. Elle susurre entre deux plaintes : « Guyslain mon amour, reste avec moi... je t'en supplie reste encore avec moi, ne nous abandonne pas... Dieu ait pitié... s'il te plaît... s'il te plaît... si tu existes, sauve-le... il ne mérite pas cela... »

Évidemment, tous les habitants présents accourent. La fille ainée des Pong téléphone aux pompiers, sa mère, qui est sortie la première est comme hébétée, en état de choc.

Hélène court, entre deux sanglots, ouvrir le portail aux pompiers. Même les Ratchewski, pourtant habitués à la rudesse de la vie, ne peuvent réprimer des larmes douloureuses.

La scène est terrible, d'un réalisme et d'une profondeur sans limites. Je crois qu'à jamais les murs de l'immeuble tout entier resteront empreints de l'expression et de la douleur de cette femme que la vie torture, ainsi que de l'image de cet homme simple, baignant dans son sang. Les roses jaunes – les préférées de sa femme – sont éparpillées autour de lui, douloureux contraste entre la vie et la mort. Un véritable coup de poignard au cœur de tous les êtres présents. Il avait pourtant une vie ordinaire, enfin... presque.

Phase terminale

Nous sommes le 29 juin 2003. Guyslain a quarante ans et il en parait cent. La tumeur le ronge un peu plus chaque jour. Les traitements l'assomment, ses mains tremblent et sa vue baisse. Il aimerait tant que son enfant un jour puisse connaître l'histoire de son père. Dans son lit de douleur il rédige deux lettres.

À mon enfant :
Je te quitte un peu trop tôt, mais, crois-moi, je n'y suis vraiment pour rien. Je ne te verrai probablement jamais, mais je t'aime déjà, et pour toujours. Tu portes en toi les gènes de ta mère et j'aime ta maman plus que ma vie. J'emporte avec moi l'image que je me fais de toi et je te dis juste au revoir, un jour – mais le plus tard possible – nous serons réunis.
Je t'aime !
Papa

À ma femme :
Chérie et je ne te dirai pas de ne pas pleurer, à ta place, j'en ferais autant et il faut soulager ton cœur. J'ai beaucoup de chance, d'habitude les histoires d'Amour grandissent à l'extrême pour retomber – dans le meilleur des cas – sous une forme de monotonie. Moi, je suis au sommet de mon amour pour toi et je ne redescendrai jamais ! Je t'aime de toutes mes forces, du moins ce qu'il en reste… souris !

Je voulais que tu saches que je n'ai jamais aimé personne aussi intensément. Tu es une perle rare, ma petite perle d'amour à moi.

Je ne te dis pas de bien prendre soin de notre enfant, je sais que tu le feras, mais, donne-lui bien ma part d'amour, je sais que tu en as assez pour deux.

Pour son avenir et le tient, ne t'inquiète pas, j'ai tout prévu.

Je te quitte à contrecœur, mais je crois que l'on m'appelle...

Je t'embrasse mon Amour.

Surtout prend bien soin de toi.

Je t'aime !

Ton Guyslain.

La belle lumière qui animait le cœur et le corps de Guyslain s'est éteinte le 4 juillet à 8h.

À la cérémonie funèbre tous ses collègues et amis, monsieur Lecœur en tête – malgré ses soixante-dix ans et son hernie discale – ont répondu présents.

Jamila a souffert sous cette chaude journée d'été, son petit ventre s'arrondissait.

Quant aux habitants de la résidence du boulevard Beaumarchais, ils sont tous venus spontanément, même le couple de baba-cools ainsi que la contrebassiste, Hélène, les Ratchewski, les Pong, tous présents. Ils aimaient Guyslain et sa gentillesse légendaire. Ils veulent tous soutenir sa femme.

Il n'y aura pas d'enterrement. Guyslain voulait être incinéré et, il a demandé à sa femme de bien vouloir disperser ses cendres sur une montagne, près de ses amis : les rapaces. Il lui avait dit pendant que ses forces le lui permettaient encore : « J'aimerais que tu prennes mes cendres dans tes mains avant de les disperser... je veux passer par toi et que ce soit toi qui m'aides à m'envoler ! » Il disait souvent que tout est plus beau vu d'en haut – du moins, à en croire un certain parolier canadien – en tout cas c'est ce qu'il pensait, mais, surtout, il ne voulait pas voir sa tendre épouse pleurer sur une dalle de marbre froid.

Quelques mois plus tard, le 20 janvier exactement, est né Guyslain, Gildas Najder. Gildas pour le père, Najder pour la mère. Notre cheminot voulait que l'enfant porte son nom pour le souvenir et celui de sa mère pour l'avenir.

Jamila a exigé que l'enfant se prénomme Guyslain pour ne pas laisser complètement mourir l'homme de sa vie et, pour elle, Guyslain ne rimait vraiment pas avec vilain.

Après son accouchement, la jeune femme a tenu sa promesse. Elle a emporté l'urne en haut d'une montagne jurassienne qu'affectionnait particulièrement son mari, elle a délicatement versé le contenu du vase dans ses mains et a lancé vers le ciel la poussière de vie de son amour...

Et, comme il y en avait tant rêvé, mais pour une seule et ultime fois, il a pris son envol...

Aujourd'hui le petit a quelques semaines, on devine déjà qu'il aura le teint de sa mère et la chevelure, noire de jais, de ses parents. Mais je pense, je suis même sûr, qu'il a le regard noir avec un très léger strabisme divergent, les yeux brûlants d'un beau brun ténébreux au charme latin, l'héritage de son père...

En voyant cet enfant sourire à la vie, cette renaissance, il ne me vient qu'une pensée à l'esprit :

« Bonne chance petit homme… »

Notes de l'auteur

J'ai inventé cette histoire de toutes pièces. Je voudrais juste persuader le lecteur que la vie est un cadeau inestimable et qu'il faut vivre tous les petits moments pleinement et sans retenue.

Bon nombre de mes amis ne connaîtront jamais la cinquantaine, et, faire face à la maladie est un combat très douloureux, hélas, souvent perdu d'avance. Mais n'oublions pas que tant qu'il y a de la vie, il y a de l'espoir !

Soyons compatissants avec ces femmes, ces hommes et, malheureusement, ces enfants, qui souffrent, se déforment et meurent, loin de nous.

Si vous croisez l'un de ces êtres qui souffrent, pensez à Guyslain et souriez-lui. Il en a tellement besoin...

Lexique

ASSU : ASsociation Sportive et Universitaire.

BM : Bogie Mécanique.

Cartouche : terme de dessin. Encadré où figurent : le nom de la pièce, l'échelle, le type de vue et, éventuellement, le nom du dessinateur.

Caténaire : câble d'alimentation électrique.

Chappe : pièce mécanique (sorte de mortaise).

Coupe : terme de dessin (pièce découpée fictivement).

EEG : électroencéphalogramme.

EIF : Entretien Individuel de Formation.

Lumière : trou longitudinal permettant le déplacement d'un axe.

Nervure : terme mécanique (partie d'une pièce renforçant sa solidité).

Palier : pièce mécanique (bloc supportant un axe par exemple).

Planquer : se cacher pour observer.

Ponts : pont moteur (ensemble mécanique comportant le moteur de tractrion).

PK : Point Kilométrique.

Premier jet : prototype.

Rotring : marque de stylos et crayons de traçage.

Trou borgne : trou ne débouchant pas.

Tripodes : pièce mécanique de transmission de l'effort de traction aux roues.